十字路

江戸川乱歩

春陽堂

目次

十字路
1 プロローグ 6／2 若葉荘 28／3 十字路 49／4 松葉杖の女 60／5 闖入者 70／6 湖底の秘密 83／7 南探偵事務所 100／8 好敵手 121／9 犯罪交叉点 137／10 二人の孤独者 152／11 花田警部 173／12 対決 189／13 第二の殺人 206／14 破局 221／15 エピローグ 244

解説……落合教幸 253

十字路

1　プロローグ

たびたび来た道だが、やはり都会の大道路とはちがっていた。伊勢省吾《いせしょうご》は運転に注意力を集中しなければならなかった。となりにゆれている晴美《はるみ》の暖かいからだ、愛人でなくてはできない一種無遠慮な接触、彼女の特徴のある体臭、それと、窓から忍びこむ山の匂いとが、物懐しい調和をなしていたが、それを彼は半分の注意力でしか味わっていなかった。

「あなたは、いくどもいらしったのね。あたし、こんな山のドライヴ、はじめて。こわいようね。こちらがわが谷ですもの。ときどき車が、道からはずれそうに見えて、ドキッとする。だいじょうぶ？　おっこっちゃいやだわ、まだ」

今日は社長秘書の晴美ではなかった。誰も聞いているものがないので、思いきってぞんざいな口を利いた。伊勢の方でもそれが楽しかった。

「ウン、まだ、いっしょに死ぬのはね。だが、いい景色だろう。ホラ、見てごらん、あの水の美しさ。岩のかたち。あれ、きっとエボシ岩っていうんだぜ。今は聞けないが、春から夏にかけては、小鳥の声がすばらしい」

「アラッ、あぶない。もっと気をつけて。まがり角ばっかりね」

晴美のからだを知ってから、一年に近い。だが、ふしぎとこの女には飽きなかった。狂信者の名ばかりの妻よりも、晴美こそほんとうの妻だと思っていた。彼女にはそういうところがあった。若い秘書などに似合わぬ、細かい心配りのできる女だった。

十二月にはいっていたが、ウラウラと晴れわたった、暖かい日曜日だった。いちど晴美に藤瀬《ふじせ》の石材工場の跡を見せる約束だったので、今日をそれに当てた。晴美は女学生がピクニックにでも行くように、はしゃいで、この日を楽しんでいた。

青梅《おうめ》街道を多摩川《たまがわ》沿いに谷沢《たにさわ》町に出て、それからジグザグの山道を、藤瀬ダム工事場の横を通って、藤瀬部落に出る道順であった。

車はしばらく渓谷をはなれて、峠道とでもいうような登り坂にさしかかった。刻一刻、眺望が広くなって行く。立ちならぶ杉の巨木の梢が層をなして、目の下に見渡せる。

「ホラ、あすこに見えるのがダムだ。おそろしく大きなもんだろう。高さ八十メートル、ダムとしては中型だけれど、丸《まる》ビルの二倍半だという。どれほどコンクリートを使っているかわからないね。もうほとんど出来上がっているが、水入れにはまだ間《ま》がある。水がはいると、あれから上手《かみて》は、大きな湖水になってしまうんだ」

「マア、雄大ね。大仏さまを見たときと、おんなじ気持だわ。来てよかった。山っていいわね。東京のいろんなこと、すっかり忘れますわ」

「ウン、忘れた方がいい。今日は一日、ただ楽しく遊ぼう」

やがて、道が本道からそれて、下り坂になり、近く人造湖の底に沈む運命の、藤瀬部落にはいって行った。かつて伊勢が経営していた石材工場から、トラックで藤瀬石を積み出した道である。

「このへんは、すっかり湖水になっちゃうのね。アラ、あんなところに、まだ家《うち》が残ってますわ。あれも、むろん、立ちのくのでしょう」

「ウン、なんのかんのといって、立ちのきをおくらせているんだ。この部落には五十軒ぐらいしか家はないんだが、その大部分は立ちのいてしまった。そして家もこわして、材木にして運んでしまった。だが、まだ四、五軒のこっているらしい。でも、立ちのくことは、みんなきまっているんだ。先祖代々の土地への執着だね。墓場まで移転するんだからね。無理はないよ……。サア、このへんで、降りて歩いて見よう」

「お弁当持ってきましょうか」

「ウン、そのサンドイッチの籠《かご》をさげていくといい。ウイスキーは僕のポケットにあるからね。どっかそのへんで、ピクニック・ランチといこう」

伊勢は四十を越したばかりだが、年よりはふけて見える方であった。伊勢商事の社長としては、その方が何かと都合がいいのだけれど、二十五歳の年よりは、ずっと若く見える秘書の晴美には、親子というほどではなくても、やはり、ひけ目を感じていた。だから、晴美の全く年齢の差を意識していない愛情が、ひとしお嬉しかった。

でこぼこ道を、二丁ほど行くと、向こうに大きく山肌の露出しているのが見えた。美しい緑青色《ろくしょういろ》の岩山である。

「あれが昔の僕の石切場だ。あの青いのが蛇紋岩《じゃもんがん》の一種で藤瀬石というのだよ。工場の建物は、とりはらってしまったので、昔の面影はないが、これは僕の副業でね。相当盛んにやっていたもんだ。ホラ、切り出した青い石が、まだあのへんにころがっているだろう。……建築材料になるんだ」

「あなたもダムの被害者ね」

「ウン、まあ損害だね。東京都に交渉して、買収費は相当出させたが、事業をつづけているのと比べれば、引き合うものじゃない」

右手に大きな石ころの河原があって、広い川が流れていた。藤瀬部落そのものが、渓谷の底のような山あいにあるので、川も渓流ではなくて、平地の川と同じに見えた。河原の石ころも美しい緑青色のものが多かった。

「どう？　あの川のそばで、お弁当ひらきましょうか」

「ウン、よかろう。あすこの大きな石がいい。あれに腰かけて、休もう」

空は青々と晴れ渡っていた。冷え冷えとした山気は感じるものの、太陽の直射光線は、熱いほどだった。二人が腰かけた緑青色の大石も、ホカホカと暖まっていた。弁当籠からサンドイッチを取り出して、二人で分けるのも楽しかった。伊勢はポケットの銀のウイスキー瓶を出して、チビチビやりはじめた。

「君もどう？」

「ええ、ほんの少しいただくわ」

晴美は酒はのめなかったけれど、ウイスキーが喉を通るときカーッとするのが好きだと云っていた。

川の水はすき通って、石ころの上を、サラサラ音をたてながら流れていた。小さな魚が、敏捷《びんしょう》に泳いでいるのが見えた。

正面に鷲《わし》ノ巣《す》山が聳《そび》えていた。軟かい山容が、陽光にかすみだって、緑よりは青に近い色に見えた。河原から立ちのぼる陽炎《かげろう》に、山裾がユラユラとゆらいで見えた。

「奥さま、いつお帰りになるのでしょうね」

晴美がうつろな目で向こうの山を見ながら、ひとりごとのように云った。

「その話はよそう」

伊勢は現実に帰るのが、いとわしかった。

そのまま、二人はだまりこんでいた。うららかな陽光が、急にどす黒くなって来るような感じだった。

「でも、あたしは、いけない女じゃないのかしら。奥さまがあんな手紙を下さるの、無理ではないのじゃないかしら」

「よそう。君は何も考えなくていいんだ。僕だけが考えてればいいんだ。みんな僕にまかせておけばいいんだ」

妻の友子《ともこ》は悪女ではなかった。しかし愛し得ない女であった。四十一歳の伊勢と五つちがいの三十六だったが、おしゃれを少しもしない、男みたいな性格なので、年よりもふけて見えた。その上、彼女は或る意味で良人《おっと》よりも金持ちであった。伊勢商事の資金は絶えず運転していたから、まとまった現金となると、銀行から借りるほかはないのだが、友子は親譲りの土地と株券と預金を握っていた。いつでも現金になるものを握っていた。そして、今では、それを伊勢の事業につぎこむことを、かたく拒んでいた。

「あいつは、僕よりも日輪教《にちりんきょう》の日之命《ひのみこと》さまがだいじなんだ。日之命さまに操を捧げているんだ。僕なんかどうだっていいんだ。だから、僕の都合なんか無視して、日之命のために布教に歩きまわっている。今度は静岡《しずおか》だが、静岡に支部を作るんだといって、夢中になっているんだ。いつ帰るのか知れたもんじゃない」

その話はよそうと云いながら、ついうっぷんを漏らさないではいられなかった。

「でも、それは、あなたが愛して上げなかったからじゃないのでしょうか。奥さまは、あなたの代わりに、日輪教を愛していらっしゃるのじゃないでしょうか。でも、それでほんとうに満足できるわけはないわ。だから、あなたにも、あたしにも、あんな手紙をお出しになるのよ。奥さまは、あたしを憎んでいらっしゃる。あたしを愛して下さるあなたを憎んでいらっしゃる。そして、復讐をしようとしていらっしゃるのだわ」

それは晴美の云う通りにちがいなかった。友子が旅先から二人によこした手紙は、狂信者の呪いに充ちた、不気味な内容のものであった。お前たちには、遠からず、日之命さまの神罰が下るであろう。わたしは命さまのお告げを、たびたび受けている。お前たちは、今にきっと思い知る時が来るであろう。という、まがまがしい文面であった。

伊勢は、こちらから協議離婚を申し出たことも一度や二度ではなかった。しかし、友子は、そのたびに、断乎としてこれを拒絶した。別れられるものなら別れて見ろと、おそろしい呪いの言葉を、気ちがいのように口走った。人一倍世間ていを気にする伊勢は、それでも別れるとは云いかねた。

「まるで養子みたいに見えるが、僕は養子じゃない。いつかも話したように、親戚のものがやかましく勧めて、持ち寄り所帯をつくらせたのだ。そりゃ青年時代に、友子の父に学資の厄介になったことはある。先方では養子にしたがっていた。しかし、僕は養子だけはどうしてもいやだった。対等の結婚ならということで、しぶしぶ承知してしまった。それが僕の一生の失敗だった」

「だから、社長さんは、アラ、ごめんなさい。社長さんなんて、二人のときには云わない約束だったわね。だから、あなたは、そういう意味で不幸な方だから、あたし、こうなったのよ」

「ありがとう、ご同情下さいまして」

「アラ、でも、ほんとうに、死ぬほど好きなんですもの」

女の方から凭《もた》れかかって来た。伊勢はすぐに両手を背中にまわして、だきしめ、唇をあわせた。女のきめのこまかい顔が、ウイスキーでほんのり赤らんでいた。あの好もしい体臭がくすぐるように、襲って来た。青空の下《した》、雄大な山形《さんけい》を前にして、うつくしいせせらぎのかたわら。密閉された部屋の中に比べて、大自然の中での二人きりというものが、都会人の伊勢には、物めずらしく、異様な魅力であった。世間の絆《きずな》から全く解放され、自然の子にかえったような、不思議な楽しさであった。

しばらくして、二人は石切場の方に向かって、肩をならべて歩いていた。

「べつに景色がいいわけじゃないが、お名残りに、よく見ておきたいのだよ。六、七年のあいだ、僕の工場があった場所だからね」

「ええ、あたしも見たいわ。あなたの工場のあとですもの」

石ころ道のかたわらに、ひとむらの木立ちがあった。その木立ちの向こうに、何か物の動く気配がした。オヤッと思っていると、そこから、きたない大きな白犬がノッソリ現われて、そのあとから一人の人間が、ヌーッと出て来た。無人の境とばかり思っていた二人は、それを見て、ギョッと立ちどまった。

カーキ色のズボンに、茶色のジャンパーを着て、髪をきたなく伸ばした、むさくるしい三十四、五の大男であった。都会ならルンペンという感じだが、山奥ではこれが普通の服装かも知れない。顔は日に焼けた田舎者であった。

その大男は、ニヤニヤ笑いながら、こちらへ近づいて来た。そして、ピョコンとおじぎをした。

「いいお天気さまで……」

田舎者にしても、へんに間伸びのした口の利き方だった。顔もしまりがなく、なんとなく常人でない感じがした。

「君は、この部落の人ですか」

「はい、先祖代々、ここのもんだよ。だから、おらあ、ここが海になるのが悲しくって」

ニヤニヤ笑いを、引っこめて、ほんとうに悲しそうな顔をした。

「ウン、そりゃあ気の毒だね。しかし、気の毒なのは君ばかりじゃない。わたしはこの石切場の持主だが、わたしも工場をつぶされてしまったよ。この部落の人たちは、みんな気の毒だ。しかし、もうあきらめるんだね。そして、どっかほかの土地へおちつくんだね」

「ウンニャ、おらあ、あきらめられねえ。水がくるまで、ここにいるだ。おらあ、ひとりぼっちで、ご先祖さまのほかに話し相手はねえ。だから、お墓のそばは離れねえ。お墓が水びたしになるまで、ここにいる」

大男はそこにしゃがんで、白犬の頭をなでながら、下をむいて、陰気な声で云った。

「そうか。無理もないねえ。君は、ふた親も、おかみさんもないのか。全くのひとりぼっちなのか。それじゃ先祖のそばは、離れにくいだろうね。しかし、仕方がないよ。みんなあきらめたんだ。君もあきらめるほかはないね。ご先祖のお位牌をだいじに持って、どこかへ立ちのくんだね。立退き料は受け取っているんだろう？」

「金に換えられるもんじゃねえ。おら、金なんか一文もいらねえから、ここにいさしてくれって、百ぺんもたのんだ。だが、どうしてもいさしちゃくれねえんだ」

「ウン、いさしてはくれない。どうにも仕方のないことだね。気の毒だが、あきらめるほかはない。新しい土地で、新しく出発するんだね。まあ、からだをだいじにしたまえ」

伊勢はそのへんで切りあげて、歩き出した。晴美は涙ぐんでいた。

「可哀そうな人ね」

「少し足りないらしい。それだけに、頑固な執着心があるんだ。これもダムの悲劇の一つだろうね」

大男は、二人が歩み出したのを見て、うしろから、またピョコンとおじぎをしたが、白犬をしたがえて、ノソノソと、送り狼のように、ついてくる。無人の境に、たった一人で残っていては、やっぱり人懐しいのであろう。

近よって見ると、石切場の跡は、雄大な風景であった。大きな山が削りとったように緑青色の岩肌を露出していた。切りとったあとが段々になって、山腹に青いピラミッドをはめこんだ感じであった。その前に、大きな池のような深い穴が、幾つも口をひらいていた。その中も段々になって、石を切りとった痕跡がハッキリと残っている。

「マア、きれい。ローマの廃墟みたいね。ホラ、石の段々が見物席になっている野外劇場があるでしょう」

「コロシウムかい。なるほど、そういえば、あれに似てるね。藤瀬石といえば、関東では随分重宝がられたもんだ。これが湖水の底になるのかと思うと、やっぱり残りおしいね。……アッ、あぶない。そこに古井戸があるよ」

「マア、こんなとこに、井戸が……工場で使ってましたの？」

晴美は、その古井戸をのぞきこんだ。井戸がわもなにもなくて、切り出した藤瀬石の角材で、かこってある。三メートルほどの深さだが、底には石ころがたまっていて、水は見えなかった。

「ウン、これは工場の建物の中にあったんだよ。しかし、もうずっと前から、水がかれてしまって、使いものにはならなかった」

「マア、たくさんの石だこと。これ、みんな、あすこから、切り出したんでしょう。このまま、ほうっておくの、もったいないようだわ」

そのへんには、角材の藤瀬石がゴロゴロころがっていた。

「みんな屑石《くずいし》だよ。それと、工場の建物の土台石が、そのまま残っているんだ。質のいいのは、みんな運んでしまって、屑ばかりだよ」

いつまで立ちつくしていても際限がないので、二人は自動車の方へ引っかえすことにした。伊勢は石ころ道があぶないので、晴美の手を引こうとしたが、おそかった。晴美はアッと小さく声を立てて、倒れていた。

いそいで駈けよって、抱きおこした。べつにけがはしていなかった。

「靴のヒールがもげたのよ」

晴美は顔をしかめて起き上がった。左の靴のハイヒールがポロンともげて、おちていた。この石ころ道にハイヒールは無理であった。

「ローヒールをはいてくればよかったね」

「ええ、つい気がつかなかったわ」

まだその近くをウロウロしていた、さいぜんの大男が、ニヤニヤしながら、近よって来た。

やっぱり大きな白犬がおともをしている。

「奥さん、けがしなかったかね。ああ、靴の底がとれたのか。それじゃあ歩けないよ。おらがおぶってやろうか」

晴美はなんだか薄気味がわるかった。

「ありがとう。でも、大丈夫よ」

伊勢に手をとられて、びっこを引きながら、ゆっくり歩いた。自動車までの二丁ほどの道に、十分もかかった。

東京を出るときには、ピカピカ光っていたキャディラックの車体に、うっすりホコリがつもっていた。晴美はやっぱり運転席の伊勢のよこに坐った。車はデコボコ道を、ゆれながら動き出した。

「まだ二時まえだ。あかるいうちに、東京につけるよ」

「まだそんな時間？　なんだか名残りおしいわ。あなた明日はまた社長さんなんですもの」

「またドライヴしよう。君がよければ、日曜ごとにドライヴしてもいい」

晴美は、奥さんがうちにいるときは、とても遠出なんかできないと思ったが、口に出しては云わなかった。そして、名残りを惜しむように、ふりかえって、うしろの窓をのぞいた。

「アラ、さっきの人、まだあすこに立っているわ。ニヤニヤ笑っている。悲しい笑い顔だわ」

伊勢もふりかえった。大男は三十メートルほどうしろに、棒立ちになって、じッとこちらを見送っていた。白犬もそのよこに、チョコンと坐って、こちらを見ていた。晴美のいう通り、痴呆のような、しまりのない大男の笑い顔に、云い知れぬ哀愁が感じられた。

(おれは、あの男にもう一度会うことがあるだろう。きっともう一度会うだろう)

伊勢はふしぎな予感に打たれた。それは蕭々《しょうしょう》たる秋風を連想する暗い物淋しい予感であった。

伊勢省吾とその女秘書の沖《おき》晴美とが、藤瀬ダムへドライヴした同じ日の夕方、商業美術家の真下幸彦《ましたゆきひこ》は、銀座裏の喫茶店「ブルウ」の二階の窓際に席をとって、人待ち顔に下の人通りを眺めていた。青空の日曜日。斜めになった日ざしが白っぽく、町は紫色にかすんで見えた。

通りの向こう側に、有名な靴屋の店があった。そのとなりは贅沢品《ぜいたくひん》ばかり並べている洋品店、それから有名な洋菓子店、その向こうに細い露地の口がひらいていて、洋菓子店の三階のコンクリートの壁から、『南《みなみ》探偵事務所』という小さな看板がさがっている。

(探偵事務所っていうものは、こんなところにあるのかな。うすよごれた貧弱な看板だな。菓子屋の二階か三階が貸し事務所になっているのかしら、それとも、あの露地の中かな)

銀座界隈は知りぬいているつもりでも、こんな見落としがあった。幸彦はこの見落としを興がって、しばらく看板から目を離さなかった。

大型の立派な自動車がスーッとやって来て、すぐ向こう側にとまった。

(いい車だな。キャディラックだ。それにしても、あのホコリはどうだ。折角の高級車が台なしじゃないか。遠くへドライヴした帰りだな)

見ていると、銀鼠色のオーバーを着た重役タイプの男と、グリーンに近い、目の醒《さ》めるような色の、裾の広いオーバーを着た若い女が、この車から降りて、靴屋の店へはいって行った。男は女の手を引いていた。女はその手にすがりつくようにしていた。それは、ただ甘えているというのではなくて、足でもいためて、男にすがらなければ、歩けないという感じであった。

二人が降りたあとの運転席には誰もいなかった。

(自分で運転して、水入らずのドライヴというわけか。フフン。それに、女もなかな

か美しい。あの男は幸福そうだな)

商業美術家の幸彦は、かなり豊かな暮らしをしていたけれど、キャディラックには程遠かった。恋人の芳江《よしえ》を、今の女ほど幸福にしてやれないことを、意識下で歎《なげ》いていた。

(よっちゃん、おそいなあ、なにをしているんだろう)

だが、そう思ったときには、すでに、町の向こうから歩いて来る芳江の姿を、目の隅で捉えていた。彼女は臙脂《えんじ》色の、やっぱり裾が広くて、ひだの多いオーバーを着ていた。急いだためか、少し上気しているように見えた。彼女のくせの活発な歩き方で、オーバーを左右にゆるがせながら、颯爽《さっそう》としてやってくる。

(さっきの女よりも、よっちゃんの方が、ずっと新鮮だ。可愛いな。だが、甘い顔をしちゃいけない。こんなに待たせたんだから、少し怖い顔していなくっちゃ)

彼は冷たくなったコーヒーを、グッと飲みほして、ユッタリと椅子にかけ直し、煙草をくわえて、ライターをパチンと云わせた。

しばらくすると、芳江が階段をあがって、息をはずませて、近づいて来た。

「待たせたでしょう?」

ツンと上をむいた可愛らしい鼻。唇の花がひらいて、美しい歯でニッと笑って見せた。

「三十分待った。懲《こ》りたね。もう君とは約束しないよ」

「アラ、ごめんなさい。兄さんの誕生日の贈り物を買っていたの。これどう?」

芳江は幸彦と並んで腰かけ、小さな四角い紙包みを出して見せた。

「兄さんはだいじだからね」

「ええ、そうよ」

「だから、僕なんか、いくら待たせたってかまわない」

「アラ、そんな意味じゃないわ。いじわるね。でも、ごめんなさいね。大賞堂《たいしょうどう》が待たせるんですもの。ちゃんと約束しといたのに、彫刻が仕上がっていなかったのよ。すぐできるというもんだから、つい待ってしまったの。ね、きげん直して」

そういって、いたずらっぽい目をしたかと思うと、肩で幸彦の肩をやわらかく押した。

「だめだ。君にはおこれない。今のは僕の虚勢だよ。甘い顔ばかりしてちゃいけないと思ってね。フフフ……」

彼も肩でグッと押し返して、親愛の情を示した。

「そうだろうと思ってた。でも、ちょっと怖かったわ」そこでグッと声をおとして

「あなたって、いい人ね」そして、てれかくしのようにクスクスと笑った。

幸彦は紙包みをといて、平べったいサックをとり出していた。

「シガレット・ケースだね」

「ウン、そうよ、純銀のをふんぱつしたの」

ビロード張りのケースの中に、銀無地の十本入りのシガレット・ケースが、ピカピカ光っていた。鏡のように顔が映った。幸彦はそれを手にとって、パチンとひらき、内側の彫刻を見た。

「愛するお兄さまへ、Y、か。芳江もY、幸彦もY」

「マア、そうね。だったら、二人からの贈り物にしてもいいわ」

「僕にもお兄さま」

「ええ、そうなるんですもの」

二人は目を見合わせて、ニッコリした。どちらも美しかった。

芳江は思い出したように、コーヒーに口をつけながら、考え深い顔になって、いつものことを云いだした。

「兄さんに、お話、いつして下さる？」

「もう少し待って。今、兄さんごきげんが悪いだろう。何かいい批評が新聞に出るか、兄さんの絵が売れるかするのを待ってるんだがねえ……」

「だって、来年の春には、あたしたち結婚して、アパートを借りるつもりじゃない？　グズグズしてたら、間に合やしないわ。あなたって、兄さんが苦手なのね。わかってるわ」

幸彦は図星をさされて、渋い顔をした。

「じつはそうなんだ。良介《りょうすけ》君はほんとうの絵描きだよ。或る意味で天才だよ。同じ絵描きでも、商業美術で金儲けをしている僕なんかとは比べものにならない。だから、それは尊敬しているんだ。だが、兄さんの方で、僕を軽蔑している。いくら天才でも抽象派の絵なんて、売れやしないからね。そのやっかみもあるんだ。だから一層、僕を軽蔑して見せるんだよ。ほんとうを云うと、僕は兄さんに云い出すのが怖いんだ。あの人がいやだと云ったら、もうとりつくしまがないからね。つまり君の兄さんと喧《けん》嘩《か》になることを恐れているんだ」

「それは、わかるわ。わかるけど、このままだまっていることはできないでしょう。やっぱりお話しして下さるほかないわ」

幸彦は頭をかかえて、じっと考えこんでいたが、ふと調子を変えて、

「君からは何も話してないんだね。お兄さん、気づいているだろう」

「ええ、多分。でも、兄さん子供みたいな人でしょう。絵のことと、お酒のほかは、まるで無関心でしょう。こまかい事なんか、なんにも気がつかないのよ。ですから、あたしが洋裁のデザイナーで稼いで、婚資をためていても、あたしが二十五にもなっても、結婚のことなんか、一口も云わないのよ。自分も独身で平気だから、妹も独身でさしつかえないと考えているらしいわ。わからず屋の兄さんだわ。それに、あんなにお酒を飲むでしょう。そして、町のヨタモンなんかと喧嘩したりするでしょう。あたし、幸彦さんに申しわけないわ。たった一人の兄さんだけれど、にくらしくなることがあるわ」

「でも、君たち兄妹は、羨ましいほど愛し合っている。僕は兄さんが、ねたましくなることさえあるよ。だから、可愛い妹の幸福のためなら、兄さんも譲歩するだろうとは思うんだが。しかし、なんだか話しにくい。君のいう通り、苦手なんだね」

「でも、勇気を出して下さらなくちゃ。あたしも、それとなく兄さんにわからせておくから、一週間ぐらいのうちに、ぜひ話して下さらない。ね、いいでしょう。いつまでグズグズしてても、際限のないことですもの」

「ウン、そうしよう。ほんとうに、グズグズしてたって、仕方がないからね。約束するよ。来週中には、きっと話す。……だがね。話した上で、兄さんが不承知だったらどうする？」

「あたしも、一生懸命にたのむわ。それでもだめだったら、決心します。兄さんと別れます。兄さんが可哀そうだけれど、仕方がないわ。そして、あたしだけの意志で、幸彦さんと結婚するわ」

幸彦はまた頭をかかえて、うつむいてしまった。深い感銘に涙ぐんでいた。それが芳江にもわかったので、彼女の目もうるんで来た。

しばらくして、幸彦はサッと顔を上げて、元気な調子になって云った。

「よし、それできまった。今日はもう、その話はよそう。それより、ごはんをたべに行こう。今日は蘭々亭《らんらんてい》のテキにしようね。いつか君がおいしいと云ってた。それから、これだ」

ポケットから札入れを出し、そこから二枚のチケットを抜いて、芳江の前にならべた。

「マア、帝劇《ていげき》（注1）のシネラマね。特等席だわ。ワーッすてき」

芳江はいつもの可愛い笑顔になって、手をうたんばかりに、はしゃいだ。

そして、二人は喫茶店を出ると、肩をならべて、銀座の表通りへ出て行った。

彼らが曲がった角に、この頃ひらかれた銀座画廊があった。壁の一部がガラス張りになっていて、中がよく見えた。大小の油絵が、美しい額縁に入れて、懸け並べてあった。もう薄暗くなった夕方で、客の姿はほとんどなかったが、美術家らしい服装の人たちが、二、三人残っていた。

幸彦と芳江は、その前を、何の気もつかず、通りすぎて行ったが、画廊の中の美術家のうちに、偶然、芳江の兄の相馬《そうま》良介がいた。そして、彼の方では、ガラスのそとを通りかかる妹たちの姿に気づいていた。

乱れた長髪、骨ばった青ざめた顔、形のくずれたルパシカ(注2)ふうの黒コールテンの上衣、膝が袋のようにふくれて、白っぽくなった同じズボン。額に垂れさがった長髪の中から、大きな目が、炯々《けいけい》と輝いていた。

彼は二人の姿に気づくと、ハッとしたように、ガラスに近づいて、まるで化石にでもなったように、身うごきもしないで、彼らのうしろ姿を見つめていた。その目には、なにかしら嫉妬めいた感情が動いていた。

2　若葉荘

伊勢省吾が愛人の沖晴美と藤瀬ダムにドライヴした日から、三カ月あまりのち、翌年の二月下旬、空は厚い雲に覆われ、雪もよいの寒い夜であった。青山高樹町《あおやまたかぎちょう》の若葉荘《わかばそう》アパート、三階三十六号の晴美の部屋で、伊勢と晴美とが、一通の手紙を読んでいた。

伊勢夫人の友子は、二日前から静岡市の日輪教支部へ旅行していた。この支部は昨年の末、彼女の奔走《ほんそう》によって設立されたのだが、その関係から、友子は支部の最高顧問に祭りあげられ、屢々《しばしば》そこへ出かけるようになっていた。しかし今度の旅行は、必ずしも支部の用件のためではなかった。伊勢とのあいだに大口論があり、その腹立ちまぎれに、家を飛び出したのであった。

伊勢はもともと烈《はげ》しい気性の人で、彼の事業も一か八かの賭博心と、普通の商人にはまねの出来ない決断力で、成りたっているようなものであった。それが家庭の問題に限って優柔不断に見えたのは、家庭的なスキャンダルを、世間に曝《さら》したくないという、一種の虚栄心から、隠忍《いんにん》をつづけていたためだが、ごく最近、ついにそれが爆発した。

ある夜、伊勢夫妻のあいだに、例の口論がはじまった。云うまでもなく晴美のことだ。お互いに、いつもの云い草を喋《しゃべ》り合っているうちに、伊勢が本気に怒り出した。もう世間体など考えていられないという気持になった。彼はとうとう決断したのだ。

「お前の方でなんと云おうと、おれは別れる。おれの意志で別れる。お前が出て行かなければ、おれの方で出て行く。訴訟でもなんでもするがいい」

それが最後の言葉であった。あとは友子の方から、いくら口論をしかけても、沈黙をつづけて、相手にしなかった。

友子はいつもの狂信者のヒステリーを起こして、日之命の業々《ぎょうぎょう》しい神棚の前に坐り、呪いの祈りをわめきつづけた。坐っているからだが異様なリズムでふるえ、合掌した手が上下に躍動した。そして、その翌早朝、彼女は何も云わないで、旅の用意をして、外出してしまった。

彼女が静岡市の日輪教支部にいることは、晴美へよこした手紙でわかったのだが、その手紙には、あらゆる呪詛《じゅそ》の言葉が書きつらねてあった。

「お前はこの世の最大の罪を犯している。日之命さまの神罰が、どんなに恐ろしいものだか、今に思い知るだろう。お前は八つ裂きにされ、地獄の業火に焼かれるのだ。わたしにはそれが目に見える。お前が阿鼻叫喚《あびきょうかん》の苦しみにもがき苦しむ無残な姿が、わたしの目には、ありありと写っている」

そんな恐ろしい文句が、長々と、狂信者の執念深さで、書きしるしてあった。

「今度の手紙は、今までのとちがっているのよ。あたし、怖くなった。ほんとうにおそろしいわ」

晴美は、すぐうしろに、何か怖いものでもいるかのように、伊勢のからだへ、すりよって来た。

伊勢も、今読んだ手紙には、異様な不安を感じないではいられなかった。伊勢には行く先さえ知らせないで、晴美だけに脅迫状を送って来たのも、これまでのやり方とちがっていた。その手紙の行間に、何かしらまがまがしい前兆のようなものが隠顕《いんけん》していた。しかし、晴美をこれ以上怖がらせてはいけない。

「あいつは気がちがったのだ。気ちがいのたわごとだ。ちっとも怖がることなんか、ありやしない。君には、僕がこうしてついているじゃないか。それより、今夜は何か暖かいものをたべて、ゆっくりしよう。スキヤキがいいな」

外は氷雨《ひさめ》が降っていたが、室内にはガス・ストーヴが赤々と燃えていた。晴美が電話で牛肉屋の小僧に、牛肉のほかに葱なども買って来てくれるようにたのみ、畳の部屋のまんなかにチャブ台をおいて、ガス七輪にスキヤキ鍋をかけた。

牛肉には日本酒がいいというので、熱燗にして、二人はチャブ台にさしむかいで、熱い肉片をフーフー吹きながら、舌鼓《したつづみ》を打った。二人の心の隅に、たえず友子のぶきみな姿があったが、それを口には出さなかった。伊勢は酔いがまわるにつれて、いっもの快活な調子になった。晴美も笑い声を立てるようになっていた。

一時間もかかって、食事をおわった。伊勢は窓際に立って行って障子をひらき、その外側にしまっているガラス戸ごしに、そとを眺めた。室内からの電燈の光の中に、氷雨がチラチラと降っているのが見えた。

「そとは凍るような寒さだ。こういう晩に、暖かい部屋で、静かに語り合うのも悪くないね」

伊勢がしんみりした調子で云った。

「ええ、なにかを思い出しますわ。もうずうっと前に、今夜とおんなじことがあったような……懐しいような、悲しいような……」

しばらく、そこにじっと坐って、二人ともだまっていた。

「もう八時すぎだ」

伊勢が腕時計を見て、ポツリと云った。

晴美は口を利かないで、伊勢の方にニッと笑って見せて、立ち上がると、チャブ台の上のものを炊事場に運び、それから、となりの部屋にはいって、床《とこ》をとっている様子だった。彼女の三十六号室には六畳二間のほかに、炊事場と、浴室と、手洗所がついていた。

「床にはいる前に、暖まりたいと思って、湯殿のガスをつけておきましたわ。もう沸くころよ。おはいりになりません？」

「僕はまだ酔ってるから、あとにする。君、先にはいりたまえ」

「じゃあ、そうするわ」

晴美はもう一度ニッコリして見せて、そのまま浴室の脱衣場へ姿を消した。

伊勢はガス・ストーヴの前に腹這いになって、残しておいた酒を、手酌でチビチビやりはじめた。このアパートこそほんとうの家庭のようで、心底から、ゆったりした、落ちついた気持になれた。ふと気がつくと、入口のドアにホトホトとノックの音がしていた。

「どなた？」

大きな声でたずねる。

「お向こうの島村です。ちょっと……」

女の声であった。三十五号室の島村夫人だ。伊勢は顔見知りであった。立って行って、掛け金をはずし、ノッブに手をかけた。

すると、先方でも強くノッブを廻し、グッとドアがひらかれ、茶色のものが、恐ろしい勢いで、室内にとびこんで来た。

伊勢はサッと自分の顔から、血が引いて行くのを感じた。全くの不意討ちであった。想像もしていないことが起こったのだ。

茶色のオーバーを着た女は、うしろ手にドアをしめて、掛け金をかけてしまった。まッ青な顔をしていた。血走った目が狐のように吊り上がっていた。色を失った唇がワナワナふるえていた。それは友子であった。

たっぷり一分間、二人は相対して、睨《にら》みあった。

友子は手にしていた黒皮のハンドバッグを、ポイと捨てるように座敷にほうり出して、いつもの声とは全くちがった、かすれた甲だかい声で云った。

「あなたは、わたしが旅をすると、きっとここへ来ていらっしゃる。それは、ずっと前から知っていたのです。しかし、今夜は覚悟をさだめて来ました。日之命さまのお告げに従ってやって来たのです。駅からまっすぐにここへ来ました。もし、あなたが、今夜ここにいらっしゃらなければ、わたしは決心をのばしたかも知れません。だが、あなたは、ちゃんとここにいらしった。もうのばすことはできません。わたしは日輪さまの宝剣をいただいて来たのです。これで悪人をこらしめてやるのです」

友子はそこまでいって、オーバーを脱ぎすてた。下にはグレイのスーツを着ていた。どこからか、奇妙な形の短刀を取り出して、サッと鞘《さや》をはらった。青味がかった刃先が電燈の光をうけてギラリと光った。

「あぶないッ。無茶なことをしたら、お前自身が破滅だ。おちつきなさい。そして、よく話し合おう」

伊勢が必死の声で云った。だが、狂女は夢遊病者のように、ひとの言葉など耳にも入れなかった。彼女は吊り上がった目で、キョロキョロと、部屋の中を見廻した。その時、浴室で湯を流す音がした。晴美はまだ何も気づかない様子だ。

「あの女、風呂にはいってるんだなッ。よしッ」

伊勢はそれを止めようとしたが、不覚にも、突き飛ばされた。憑《つ》きもののした女は、日頃の彼女からは想像もできない力を持っていた。

友子はオーバーを脱いだが、靴ははいたままだった。浴室のドアを、からだでぶっつかるようにひらいて、飛びこんで行った。そして、浴室の中から、妙なおしつぶされたような声が聞こえて来た。

伊勢もすぐに飛びこんで行った。浴室の洗い場に、はだかの女と、グレイのスーツの女とが、残虐な生人形《いきにんぎょう》(注3)のように、立ちはだかっていた。晴美は何か虚脱したような表情で、ボンヤリ空間を見つめていた。左の肩先から、血が溢れて、手首まで、ツーッと赤い紐のように滴《したた》っていた。友子は青光りの短刀をふりあげて、第二撃を加えようとしていた。

あわてた伊勢の視野に、タオル掛けの乾いたタオルがあった。彼はそのタオルを、引きちぎるように取ると、うしろから、友子の頸《くび》に一まきして、力まかせに、しめあげた。理性は全く影を消して、ただ動物の防禦《ぼうぎょ》本能ばかりになっていた。

狂乱の女は烈しく抵抗した。短刀が伊勢の顔の横で目まぐるしく旋回した。だが、うしろ手で彼を傷つけることはできなかった。しめつけられて、紫色にふくれあがった顔が、ゼンマイ仕掛けのように、グーッと彼の方へねじむけられて来た。吊り上がった目が、ほとんど白目ばかりになって、三寸の近さで彼の目を睨みつけた。

今手をはなしたら大変だと思った。必要以上に長い時間、辛抱づよくしめつけていた。

彼の手はもう無感覚になっていた。だが、その手が恐ろしい力で、下へ引っぱられているのがわかった。友子のからだが、グッタリとなって、全身の重味が彼の手にかかっていた。彼は友子の死体といっしょに、倒れそうになった。タオルを握った指を伸ばすのに骨が折れた。やっとそれを離すと、死体は腰のところで二つに折れて、洗い場にうつぶせにうずくまった。

はだかの晴美はもとの姿勢のまま、ボンヤリと立ちつくしていた。肩から手首への血の河は、二倍の太さになり、その末《すえ》は人差指と、中指と、薬指の三本にわかれ、三つの指先から、ポトリ、ポトリと赤い雫《しずく》が落ちていた。伊勢は無心にそれを眺めていた。着色映画のように綺麗《きれい》だなと思って、眺めていた。

伊勢がびっくりして晴美の顔を見た。彼女が突然、何とも云えぬ変な声を出したからだ。彼女はそのときになって、やっと自分の腕の血に気づいた。恐怖のために、からだがサーッと白くなったように見えた。そして、クナクナと洗い場にくずおれて行った。

それを見て、伊勢はやっと正気に返った。脱衣場のガラス戸棚に、救急薬の箱が入れてあることを知っていた。そこから脱脂綿と、ガーゼと、繃帯《ほうたい》と、赤チンの瓶を出して、洗い場に戻った。傷は五センチほど切れていたが、深さは大したこともなかった。血をふきとって、赤チンをしませたガーゼを当てて、胸から肩にかけて、大げさな繃帯をした。

「痛むか？」

「いいえ、思ったほどじゃないわ。この繃帯だめよ。絆創膏《ばんそうこう》の方がいいわ。絆創膏を長く切って、ガーゼの上から、十文字に当てるのよ」

軽い手傷とわかったので、晴美は元気を取り戻していた。伊勢は云われた通り手当てをしてやった。まだ血が吹き出ていたけれど、静脈だし、それも余り太い静脈ではなさそうなので、心配はしなかった。

「あちらへ行って、早く服を着なさい」

晴美が脱衣場へ出て行くのを待って、浴室との境のスリガラスの戸をしめた。そして、友子の死骸をのぞきこんだ。

彼は少しも後悔していなかった。頸をしめただけだから、ひょっとして生き返るかも知れないと思うと、その方が気がかりだった。この女はこのまま生き返らない方が幸福なのだと思った。彼は頸にまきついたままのタオルを、力いっぱいしめつけて、固く固く結んだ。

座敷に帰ると、服を着た晴美は、壁にもたれてボンヤリしていた。伊勢は座敷の別の隅によりかかって、あぐらをかいた。わざと遠く離れて、お互いに目を合わさないようにしていた。

突然、胸の底から、恐ろしい魔物に追っかけられるような、焦躁《しょうそう》が湧き上がって来た。

(おれは人殺しをしたんだ。こうしてはいられない。あと始末を考えなけりゃあ。早く、早く、あと始末をしなけりゃあ)

自首《じしゅ》という考えは全く念頭になかった。この死体を隠さなければならない。永久に人目に触れないようにしなければならない。伊勢の頭は、非常に困難な商売上の作戦を考えるときと同じ鋭さで回転した。

アパートの隣人に気づかれはしなかったか？ それが第一に判断すべき点であった。

（大丈夫だ。決して気づかれてはいない）

ここは鉄筋コンクリート四階建ての、最新形式のアパートであった。各階へのコンクリートの階段を中にはさんで、両側に一世帯ずつしかなかった。一棟の建物に階段は三カ所にあり、その両側に一世帯ずつだから、一階毎に六世帯、全体で二十四世帯の建物であった。だから、ほんとうの隣人というのは、階段をはさんで向かい合っている一世帯だけしかなく、そこは離れてもいるし、冬のことだから、その住人は二重三重のドアの奥にいたわけで、どんな物音でも、めったに聞こえるはずはない。また、鉄筋コンクリートのことだから、天井も床も非常に厚く、上と下の部屋にも、物音を聞かれている心配はなかった。

では、アパートの建物への入口はどうかというと、門はあるけれども、あけっぱなしで番人はいないし、階段のある入口にも、都営アパートと同じで、管理人の窓口があるわけではない。誰でも出入り自由なのだ。盗難を防いでいるのは、各世帯の入口のドアのエール錠だけである。これが一世帯ずつ全くちがった型の精巧な鍵だから、決して間違いが起こらないというのだ。

（だから、全く人に知られないで、この死体をそとへ運び出すことも、十分できるわけだ。それに、表には、おれ自身で運転してきた車が待っている。フフン、こりゃあうまく行きそうだぞ）

（だが待てよ。友子はここへ何に乗って来たんだろう。あの女は都電なんかには決して乗らなかった。ましてこんな雨の夜だ。タクシーにきまっている。すると、そのタクシーの運転手が友子を見ているな。あぶない、あぶない。うっかりしていたぞ）

しかし、よく考えて見ると、それも大して心配するほどのことではなかった。普通、タクシーは門の中へははいらない。門から建物の三つの階段口までは、僅かな距離だし、車を廻す余地が乏しいので、たいていは門の前でとまる。だから、友子が二十四世帯のうちのどこへ来たのか、容易にわかるものではない。このアパートにはタクシーに乗る人が多い。又タクシーで訪ねてくる人も多いので、一《ひ》と晩《ばん》のうちには十台二十台のタクシーが門の前にとまるわけだ。その中に、茶色のオーバーを着た三十五、六の女が一人まじっていたところで、少しも目立たないし、それが伊勢友子だったとわかるはずがない。

（まずここまではよろしい。だが、あの女は旅行鞄《かばん》をどうしたんだろう。うちへ寄らないで、駅からすぐにここへ来たと云っていた。その駅はいったいどこだろう。東京駅か新橋《しんばし》駅か。まさか品川《しながわ》のはずはないが……）

考えていると、そこにほうり出してある友子の黒いハンドバッグが目についた。彼はふと思いついて、それを引きよせ、パチンとひらいて、貴重品を入れる区劃《くかく》の中をしらべて見た。すると、そこの札束のうしろから、駅の手荷物一時預かりのチッキ（注4）が出て来た。新橋駅だった。

（フフン、面白くなって来たぞ。すると、友子が東京へ帰ったことは誰も知らないわけだな。むろん、静岡の日輪教の支部の人は、帰京したことを知っている。しかし、途中で気が変わって、どこかへ下車することもあり得るわけだ。新橋の駅員が友子を見覚えているはずはない。一時預かりの係りだって、おそらく覚えていないだろう。目白《めじろ》のうちに留守番をしている女中たちも、友子が帰ったことは知らないでいる。つまり、友子は東京へは帰らなかったか、或いは帰ったけれども、急に思いたって、うちにも知らせず、またどこかへ行ったということにしても、誰も疑うものはないのだ）

ふしぎなことに、こんな際にも、彼の頭は筋道を立てて論理を追って行くことが出来た。破産に瀕《ひん》した商人の、苦しまぎれの思案に似ていた。しかし、一方では、まるで詰将棋《つめしょうぎ》を考えているような、一種の楽しさがないでもなかった。

「アッ、そうだ」

突然声を出したので、晴美がギョッとしたように、こちらを見た。

「オイ、晴美、君が友子に化けるんだ。そして、どこかへ旅行するんだ。そうすれば、友子はここで死ななかったことになる。君は今夜これからすぐに……、そうだ、熱海《あたみ》がいい。友子が静岡からの帰りに熱海に一泊したことにすればいい。そして、君は元の君の姿に戻って東京へ帰るのだ。わかるかい。友子は熱海で死んだことになるのだ。僕たちは少しも疑われなくてすむのだ」

晴美は彼の言葉を理解するのに、しばらく時間がかかったが、やがて、おぼろげにその意味がわかって来た。

「でも、どうして、あの人が熱海で死んだことになりますの？　行方不明になるばかりじゃありません？」

「行方不明だけじゃ物足りない。死なせる方が安全だ。それには手があるんだよ。君は友子の服とオーバーを着るんだ。いや、オーバーだけでもいい。服はあれと似た色のスーツを君は持っていたね。それでいい。それから、口紅をおとし、化粧を変え、髪の形も変えて、友子らしい年配に見せるんだ。むろん、友子の目がねをかける。そして、この友子のハンドバッグを持つ。また別に、君自身のオーバーと君のハンドバッグを風呂敷包みにして持つ。ア、それからまだある。ここに友子が新橋駅で旅行鞄を預けたチッキがある。君は友子になり切って、新橋でその鞄を受け取るんだ。そして熱海へ行く。今から出発すれば、十二時前後に向こうに着ける」

「熱海についたら、どこでもいい、余り大きくない宿屋に泊まる。宿帳には伊勢友子とつける。住所も僕のうちを書く。そして、朝早く宿を出て、鏡《かが》ガ浦《うら》へ廻り、人目につかぬ林の中で、オーバーを着かえ、目がねをとり、口紅をぬり、化粧も多少直して、友子のオーバーとハンドバッグと旅行鞄を、崖っぷちに残して、そこから身投げしたように見せかける。絶対に人に見られてはいけないのだから、よほど朝早くでないと具合がわるい。また、充分あたりに気をつけて、うしろの道路にも人通りがなく、前の海にも、舟なんかいないことを確かめた上でなけりゃいけない。冬の早朝だから大丈夫だとは思うが、遠くの家の窓から、誰かが覗いていても、いけないのだ。わかったね。エーと、そのためには、君は一日会社を休むことになるね。かまわない。休暇をとって、湘南《しょうなん》方面の友達のうちへでも遊びに行ったことにすればいい」

晴美は感心したように、伊勢の顔を見つめていた。こんな激情の中で、とっさに、これほど緻密《ちみつ》な考えが浮かぶというのは、怖いようだった。やっぱり男だし、社長さんだと思った。しかし、なにやら、まだ腑に落ちないところがある。

「でも、あの人の死骸はどうするの？　このままにはしておけないでしょう」

晴美が最も重大な点に触れた。伊勢はそれを聞くと、傷口にさわられたような気がした。

「むろん、それが最大の難関だ。あれは、表においてある僕の自動車にのせる。うしろのトランクへ隠すんだ。そして、誰にも発見されないところへ運ばなければならない。それが問題なんだ。さっきから考えているんだが、これはという工夫が浮かばない」

土を掘って埋めるか、錘《おも》りをつけて川か海に沈めるか。どれもいけない。そういう隠し方は、これまでの多くの例でもわかるように、いつかは必ず発覚する。熔鉱炉に投げ入れるとか、硫酸で溶かしてしまうとか、犯罪史にはいろいろ例があるが、誰にでもやれることではない。伊勢の頭の中には、死体隠蔽《いんぺい》に関するあらゆる想念が、次々と、あわただしく浮かんでは消えて行った。

（ハテナ、古井戸の底に埋めるという手があったぞ。誰かの小説で読んだことがある。だが、おれは、そういう古井戸の心当たりがない。いや、ないことはないぞ。

ウン、そうだ。あれだ。ああ、思い出せない。わかりきったことなんだ。よく知っていることなんだ……大きな活字で印刷してあった。新聞だ。つい二、三日前の新聞だ……畜生ッわかりそうでいて……アッ、そうだった。ダムだ。藤瀬ダムだ。石切場に古井戸があった。あのダムの水入れが三月一日にきまったと、新聞に大きく出ていた。今日は二月二十五日だ。あと四日で水入れがはじまるのだ)

伊勢はこのすばらしい着想に、ホッとして、明るい顔になって晴美を見た。

「藤瀬ダムの石切場の古井戸を覚えているだろう?」

彼女は激情の際なので、それを思い出すのに、ちょっと時間がかかった。

「ええ、青い石でかこんだ古井戸」

「そうだよ。そして、君がハイヒールを折ったあすこだ。僕はあの女の死体を、自動車のトランクに入れてあすこへ運ぶ……」腕時計を見て「ア、もう九時だ。あすこまで二時間かかる。いろいろな手数を勘定に入れると二時間半だ。往復五時間か六時間か八かだ。夜明けまでには十分東京に帰れる。大仕事だ。途中で見つかるかも知れない。一か八かだ。だが、ほかに妙案はない。このすばらしい思いつきを捨てることはできない。あの女は大きな湖水の底に葬《ほうむ》られるのだ。僕は死体を古井戸に投げこんで、その上から、石材を幾つもおとし、小石を投げ入れて、完全に隠してしまう。それは死体が浮き上がらないためにも必要なんだ。水入れ直前のダムの底に死体を隠す。なんという大仕掛けな、すばらしい着想だろう。絶対に見つかる心配はない。ダムの水入れなんて何年に一度あるかわからない。ちょうどそこへぶっつかったのが、僕たちの幸運だ」

晴美はあっけにとられたように、男の昂奮した顔を見つめていた。男って、なんてすばらしい生きものだろうと思った。罪業感《ざいごうかん》はほとんどなかった。まだそこまで冷静になっていなかった。

(だが、誤算はないか。ちょっとした誤算だって破滅のもとだ。検算が絶対に必要だ)

伊勢は天井を見上げて、暗算でもしているような目遣いになり、身動きもしないで、十五、六分のあいだ、だまりこんでいた。

「よしッ、違算はない。決行だ。晴美、君もしっかりしなくちゃいけない。僕たち二人が破滅するかどうかの瀬戸際だ。冷静に、綿密に、そして大胆に。君ならきっとできる。自信をもってやるんだ。いいね。わかったね」

「やれると思うわ。あたしの方はきっとできます。それよりも、あなたの自動車が心配だわ。ダムまでの途中が心配だわ。どんなことが起こるかも知れませんもの」

「運命と闘うんだ。おれは今まで、たびたび運命と闘って来た。そして、いつも勝って来た。今度も闘って見るんだ。一か八かだ。大胆不敵な闘志だ。それでなくちゃ、これほどの難関が切り抜けられるものじゃない……いいか。君の変装に必要なものを、忘れないように残すのだ。オーバー、ハンドバッグ、目がね、それからこのチッキだ。そのほかに、君自身のオーバーとハンドバッグを、風呂敷に包むんだ。無地の風呂敷がいい。名入りのやつは、むろんいけない」

伊勢はそういいながら、浴室へはいって行った。彼にも、まだ常の心は甦《よみがえ》っていなかったので、友子の死体を、一つの物体として扱うことが出来た。顔を持ちあげて、目がねをはずし、あとからはいって来た晴美に渡した。

「髪の形はこれだよ。全く同じには出来ないだろう。ただ、見たところ似てればいいんだ。服はこのままにしておこう。だが、ネームだけは切りとっておこう。鋏《はさみ》を持って来たまえ」

上衣と下着のネームを切りとり、すべてのポケットをしらべて、鑑別の材料になるようなもののないことを確かめた。

「靴ばきのまま上がって来たんだな。靴もこのままにしておこう。靴にはネームなんかはいっていない。君はこれに似た黒い靴を持っているね。あれをはいて出かけるんだ……エーと、まだ何かあったな。ア、そうだ。短刀だ」

彼は死体の下にかくれていた短刀を拾いあげた。刃にはほとんど血はついていなかったけれど、石鹼をつけて湯で洗った。鞘は座敷におちていた。その鞘におさめて、死体のポケットのハンカチで包み、それを死体のスカートのベルトに、固く括《くく》りつけた。離れ離れにしておくと、うっかり忘れる心配があるからだ。短刀は死体といっしょに、葬ってしまうのだ。むろん、古井戸に投げこむときに、ハンカチをといて、小細工のあとは残さないつもりだ。

「それから血と指紋の始末が残っている。どんな些細《ささい》なことでも、忘れてはいけない」

洗い場に少し血が滴っていたけれど、友子の服は汚れていなかった。二人で死体を脱衣室に吊り出して、洗い場に湯を流した。もう何の痕跡も残っていない。

「君、服を見てごらん。肩に血がにじんでいるだろう。あとで、出発する前に着更えをするとき、その服も下着も、血痕のところを鋏で切りとって、さっきの手当てをしたガーゼや脱脂綿といっしょに、焼きすてるんだ。これを忘れないように。そして、切りとった服と下着は、ネームも切りとり、ズタズタに引き裂いて、古新聞……いや、印刷してあるものはいけない。新しい小包紙がいい。あるだろう。それに小さく包んで、途中で川にでも捨てるんだ。

「それから、友子の指紋が、入口のドアと浴室のドアのノッブについているかもしれない。僕が今拭きとっておく」

彼は座敷にかけてあったオーバーのポケットから、皮手袋を取り出し、それを両手にはめ、ハンカチを持って、二カ所のドアの両側のノッブと、念のために座敷の襖《ふすま》の引手や、浴室のガラス戸の手の届く部分や、入口のドアの鏡板までも、入念に拭きとった。

さて、いよいよ死体を表の自動車まで運ばなければならない。これが第一の難関であった。もし誰かに見られでもしたら、なにもかもおしまいなのだ。

3 十字路

アパートの構内にも、門のそとにも、人通りは全くなかった。附近の家々の窓も、大部分は雨戸がしまって、暗くなっていた。

「あれは僕一人で運ぶ。君はその前に、階段の上と下をよく見てくれ。誰かが出て来ちゃ大変だから」

晴美は足音を忍ばせて四階への階段を上り、しばらく聴き耳を立てて、何の気配もないことを確かめると、今度は二階まで降りて、様子を見たが、二階の住人たちも寝しずまっているようであった。

「大丈夫、誰も起きてないわ」

戻って来て、囁《ささや》き声で報告した。伊勢はそのとき、死体を両腕に抱き上げていた。

「先に一階まで降りて、もし人が来るようだったら、急いでかけあがって、僕に知らせるんだ」

晴美が、足音をしのばせて、降りて行ったあとから、彼は死体を抱いて、ゆっくりコンクリートの階段を降りた。どの部屋も全く寝静まっていると見えて、死に絶えたように物音がなく、まるで大きな地底の墓穴へ、降りて行くような感じがした。

服を通しての感じでは、死体はまだ冷たくなかった。それはただ、全く生命のないグッタリした、恐ろしく重いものであった。ガクンと下がっている頭と両足が、あるくにつれて、ブランブランとゆれた。

あの荒れ狂う狂信の女が、こんなみじめな物体になってしまったかと思うと、彼はそのとき初めて、やるせない憐れみの念に打たれた。これが十数年連れ添って来た妻だと思った。自分が手にかけた妻の死体を、こうして運んでいる状態は、おそらく万人に一人も味わったことのない、世にも異様な感情であった。

もう憎しみは少しもなかった。といって、憐れみの情に堪えられぬほどでもなかった。ただ人間というものの、或いは生きものというものの、荒寥《こうりょう》たる淋しさが胸を打った。胸の内側で涙がこぼれていた。

三階から二階まで降りた。階段はまっ暗だった。住人たちが電灯を倹約するのか、近頃のアパートのコンクリート階段は、夜になるとまっ暗なのが多かった。

二階の踊り場を通るとき、何かにぶっつかってガタンと音がした。ギョッとして、立ちどまり、聴き耳をたてて、しばらくじっとしていたが、二階の住人に怪しまれた様子はなかった。よく見ると、下からの幽《かす》かな光線で、それは、ドアのそとに置きっぱなしになっている乳母車であることがわかった。

そのとき、下へおりて見張りをしていた晴美が、一階からソッとあがって来て、大丈夫という手まねをして見せた。

一階に降り、建物を出て門に達するまで、何の障害もなかった。油断なく建物の窓を見上げたが、どの窓も暗くしまっていた。晴美は一階の出入口の蔭《かげ》に身を隠して、自動車の方を覗いているらしかった。

門を出ると、片手でキャディラックの後部席のドアをひらいて、死体を一応その中に寝かせ、いそいで後部にまわり、トランクの蓋をひらいたままにしておいて、死体を抱き上げ、からだを二つに折るようにして、トランクの中におしこみ、蓋をしめ、鍵をかけた。これで第一段の仕事は無事に終わったのだ。

彼はそのまま建物に引き返し、階段口をのぞくと、晴美がまだそこに待っていた。一ことも口を利かないで、身ぶりで、ついてくるように伝えて、二人は足音を立てないように、三階に戻り、部屋にはいってドアをしめた。

伊勢はオーバーを着て、そこにころがっていた煙草とライターをポケットに入れた。帽子はかぶっていなかった。

「念のために、君の役割を、口に出して云ってごらん。少しでも隙間があっては、いけないのだから」

囁き声で云って、じっと晴美の顔を見つめた。

晴美は指を折りながら、さっき伊勢の云った通りの順序を繰りかえして見せた。正確だった。

「よしッ、それなら大丈夫だ。鏡ガ浦の断崖の林の中でオーバーを着かえるときが、一番だいじだ。よくあたりを見廻すんだ。遠くの家の窓も忘れてはいけない。わかったね」

晴美は深くうなずいて見せた。そして、顔をあげると、じっと伊勢を見つめた。二人はそのまま目を見合わせて、突っ立っていた。晴美の瞼《まぶた》に、キラキラするものが、ふくれ上がって来た。

二人はどちらからともなく、抱き合っていた。お互いの胸を、一つになるほど、締めつけ合っていた。一寸《いっすん》の近さで、目を覗き合った。

(もう、これきりで、二度と会えぬかも知れない)

双方の目に、その思いがこみあげていた。伊勢の唇が、恐ろしい力で嚙むように晴美の唇を覆った。情死の直前に似た感情であった。晴美も相手の唇を自分の唇でおし返すようにして、あらゆる情感を唇にこめた。果てしもない接吻であった。

二人が離れたとき、晴美の顔は美しく涙で洗われていた。伊勢は突き離すようにして、ドアのそとへ消えて行った。晴美はその場にクナクナとくずおれて、両手で顔を覆った。そして、声を立てないで、いつまでも泣いていた。

伊勢はトランクに死体をつんだキャディラックの運転席について、ハンドルを握った。

藤瀬ダムへは数回ドライヴしたことがあるので、深夜でも道を誤る心配はない。新《しん》宿《じゅく》を通って青梅街道に出る道順だ。神宮外苑《じんぐうがいえん》の前を走っているとき、ハッとガソリンのことを気づいた。往復四時間以上の山道だから、ガソリンは一杯にしておかなければならない。それを先にやっておけばよかったと後悔したが、ここまで来てはもう仕方がない。その辺のガソリン・スタンドに立ちよるほかはなかった。

外苑の前をすぎると、ガソリン・スタンドがあった。彼はその前に車をとめて、しめきったガラス戸を叩いた。(注5)股《また》火鉢《ひばち》をやっていた中年の男が「オー、寒い」と、ふるえながら出て来た。

「八十オクタン価のを五十リッター」

伊勢が注文すると、男は「オッケイ」と答えて、長いホースをひきずって来た。

ガソリンが注入されているあいだ、男はキャディラックの紳士に話しかけて来た。

「この音の具合じゃあ、まだタンクには相当残ってますが、これから、どっか遠くへでも?」

自動車の後部にしゃがんで、うさんくさい顔で、こちらを見上げる。

「遠くへ行くわけでもないが、わたしは、気がついたときに、一杯にしておくのが癖でね」

伊勢は苦しい云いわけをした。

「神経質なんですね。自分で運転なさる方は、どうしても神経質になりますね。旦那、今夜は雪ですぜ。こんな日は、雪が降れば、すぐに凍って、スリップしますよ。早くお帰りになる方がよろしいですね」

男はいやにジロジロこちらの顔を見ながら、ニヤニヤ笑っている。

（こいつには、ハッキリ顔も服装も覚えられたぞ。しかし、なんでもない。おれが行方不明になるわけじゃないからな。おれが夜なかに車を走らせていたことと、友子の失踪とは何の結びつきもないのだ。不必要な心配だ）

ラジエーターにも水を一杯入れさせてから、金を払ってスタートした。新宿の繁華街に近づくに従って、すれちがう車が多くなったが、寒さのために、両側の舗道は人通りもまばらであった。

明るい大通りを、しばらく走ると、向こうにガードが見えて来た。あの下の十字路は、昼間は車の輻輳《ふくそう》するところだ。今でも角の交番の中から、交通巡査が見張りをしているだろう。

（いくら気がせいていても、飛ばしてはいけない。町を出るまでは安全第一にやろう。事故が一番怖いのだ）

だが、余りゆっくり走っていたのがいけなかったのかも知れない。それがうしろのトラックの運転手を、もどかしがらせたのかも知れない。

突然、うしろから強烈なヘッドライトの光がさして、バックミラーが焔《ほのお》のように光った。ハッとして、ハンドルを切ろうとしたとき、ガクンと、恐ろしいショックを感じた。キーッとブレーキのきしる音がして、巨大なトラックの車体が、すぐ目の横にあらわれ、途方もない方角を向いて止まった。こちらも急いで車をとめた。ちょうどそこはガードの下であった。ガードの電燈で、トラックの前部の泥よけが、ねじまがっているのが見えた。人相の悪い運転手が、トラックから降りて、近づいて来た。

伊勢は一瞬、心臓がとまるほどの恐怖を感じた。もうだめだとさえ思った。つい今しがた、あれほど心配していたことが、現実に起こったのだ。きっと巡査がやってくる。そして、身分をしらべられる。「今ごろどこへ行くのだ」と聞かれたとき、何と答えたらいいのだ。

もう一つ心配なことがあった。今のショックの様子では、トラックは伊勢の車の後部に衝突したにちがいない。死体の隠してあるトランクは大丈夫だろうか。

彼は急いで車から飛び出すと、何か怒鳴っているトラックの運転手はほうっておいて、自分の車のうしろに廻って見た。バンパーがひどく曲がっていたが、トランクは、見たところ別状なかった。両手で蓋を押し上げようとしたが、動かなかった。鍵はずれていないことがわかった。

「オイ、オイ、自分の車より、こっちを見てくれ、泥よけとバンパーがメチャメチャだ。何とかしてもらわなけりゃ、会社に申しわけがない。おれが弁償しなけりゃならない」

トラックの運転手は、伊勢の風采《ふうさい》を見て、つけこんで来た。

「オイッ、いつまでも、そこにとまってちゃ、困るじゃないか。早く車をわきへよせなさい。あとの車の妨害だ」

びっくりして、ふりむくと、そこに巡査が立っていた。角の交番から駈けつけたのだ。伊勢とトラックの運転手は、各自の車を道のかたわきへよせたあとで、交番へ引っぱって行かれた。

その頃には、伊勢も一時の驚愕から醒めていた。友子の死体さえ発見されなければ、決して恐れることはない、名を名乗っても少しも差し支えないと、心を定めていた。

「二人とも免許証を出して下さい」

伊勢は住所姓名を明記した免許証をさし出した。トラックの運転手も、運転席へ取りに戻って、免許証を持って来た。巡査は手帳にそれを控えたあとで、損傷の個所をたずねた。伊勢の方は後部のバンパーが曲がっているだけであった。トラックは泥よけとバンパーが傷ついていた。

「これはまあ、お互いに我慢するんだな。どっちかと云や、うしろからぶっつけた君の方に落度がある。それに損害も大したことじゃないから、争いにしない方がいいと思うがね」

巡査は穏かにさとしたが、トラックの運転手は承知しなかった。人相の悪い喧嘩好きらしい男だった。

「そりゃ、うしろからぶっつけたにはちがいないが、この人の運転がメチャクチャなんですよ。僕の車がうしろから来たことは、この人にわかっていたはずです。それにいつまでもノロノロやっている。故障かと思ったくらいです。こんなノロノロ車のあとからついて行くわけにはいきません。だから、抜こうとしたんです。すると、この人は、僕の車が右側を抜こうとしているのを知ってて、わざと自分の車を右に切ったんです。あんなことをしなけりゃ、ぶっつかるはずはなかったんだ。この人が運転を知らないんですよ。こんな腕前で自家用車を運転するなんて、迷惑な話だ。だから、うしろからぶっつけたにもせよ、僕の方が悪いんじゃないのです」

「いや、決してそんなことはない。僕は右に切った覚えはない。それは君の云いがかりだ」

伊勢もつい抗弁しないではいられなかった。しかし、いくら議論をしても、証拠のないことだから、水掛け論におわるほかはなかった。巡査は困って、いずれにしても、双方に抜かりがあったわけだから、和解して、お互いに先を急いだほうがよいだろうと仲裁したが、トラックの男は頑《がん》として聞かなかった。

「旦那は大した損害じゃないとおっしゃるが、そりゃ、この方《かた》のようにキャディラックをのりまわすような人には、大したことないだろうが、こちとらにゃあ、あれだけの損害でも大金です。弁償してもらわなきゃ、僕が僅かな給料の中から、会社へ払うことになるんです」

いつまでも云い張っているので、巡査が気を利かせて、伊勢をかたわきに招いて、囁いた。

「あなたもお急ぎでしょうから、いくらか出してやられたらどうでしょう」

「どれほどですか」

「そうですね。五千円もやればいいのじゃありませんか。あの車の二カ所の損害の修繕代としてはそんなものです。慾を云えば切りがありませんがね」

伊勢は一刻も早く出発したかったので、すぐそれを承知した。巡査は彼から受け取った五枚の紙幣を持って、男と話していたが、男は何のかのと文句を云って、弁償額を引き上げようとするので「これ以上グズグズ云うなら、こちらにも考えがある」と、おどかして、やっと納得させた。男はジロッと伊勢の方を睨んで、一言の挨拶もせず出て行った。

伊勢はそのあとから、巡査に厚く礼を云って交番を出た。

(やれやれ、これで一難は去った。あの巡査に住所姓名や車の番号を書きとめられたが、これは心配するほどのことじゃない。友子は熱海で死ぬんだから、その前夜、おれが車で新宿を通っていたって、少しも構わない。死体さえ発見されなければ、少しも恐れることはないのだ)

彼は行く手にどんな運命が待っているかも知らず、雪の中を自動車の方へ急いだ。

4　松葉杖の女

同じ夜、ガード下十字路の追突事故が起こる少し前、新宿北園街《きたぞのがい》の間口一間《いっけん》半のバー「桃色」で、二人の画家が飲んでいた。相馬芳江の兄の良介と、彼女のフィアンセ真下幸彦である。二人はもうかなり酔って、議論をはじめていた。ほかには客がなく、スタンドのうしろに、マダムの桃子《もも こ》がお燗をつけていた。

モデル上がりの桃子の店には画家の客が多かった。ことに相馬良介とは長年のなじみで、以前には彼のアトリエのモデル台に立ったことも、たびたびあった。まだ三十になったばかり。色白の愛嬌者で、からだがよくて、なかなかの商売上手だった。

良介はいつものコールテンのルパシカまがいの服の上に、厚ぼったい荒い格子縞《こうしじま》の腰までしかない半外套《がいとう》を着て、長髪のモジャモジャ頭にベレー帽をのせていた。商業美術家の真下幸彦は、新しい鼠のオーバーに、派手なマフラー。無帽の頭をきれいになでつけていた。

「君はそういうがね。ルネサンスの大家の絵なんて、骨董品だね。歴史的存在だね。川口《かわぐち》先生なんか、今でも、ポチチェリなどに随喜《ずいき》の涙をながしているが、僕らには気が知れないね」

商業美術家が、マダムの出した燗徳利から、コップに酒をつぎながら喋っていた。

「常識論をやるな。絵には常識が禁物だ。ルネサンスの魂が、お前さんなんかにわかってたまるもんか」

酒癖のわるい良介が、突っかかって来た。彼はもう、したたかに酔っていた。

「じゃあ君は、ピカソよりもミケランジェロを尊敬するのか」

幸彦も、まけてはいなかった。

「よせッ、お前はおれにお世辞を云ってるんだ。アブストラクトの絵描きは、古典派を攻撃すれば喜ぶと思って、お追従《ついしょう》をいってやがるんだ。絵というものは魂だよ。古典であろうが、シュールであろうが、アブストであろうが、問題は人間の魂なんだ。おれはミケランジェロを尊敬するよ。ルネサンスの魂というものに頭を下げるよ。君なんか、せいぜいダリぐらいに惚れてりゃいいんだ。あいつの突飛《とっぴ》な着想は、魂でなくて、商業主義じゃあねえか」

この言葉が商業美術家の神経を刺戟した。

「フフン、君にダリだけの才能があるのか」

「ダリの才能なんて、まっぴらだ。お前みたいな商売絵描きじゃねえからな」

「フフン、やっかむな。お高くとまってて、絵の売れないやつもあるからね」

云いおわらぬうちに、ピシッと頬打ちが来た。良介は手が早かった。

「なにするんだッ」

幸彦はムキになったが、相手は殴っておいて、そのまま知らん顔をして、コップをグイグイやっている。いつものことだ。この男と酒をのむには、とっ組み合いも辞さない覚悟が要る。

良介の派手な柄のくせに薄汚れた半外套のポケットから志摩《しま》真珠店のパンフレットがのぞいていた。その表紙図案は幸彦の手になるもので、ちょっと自慢の出来栄えだったので、まだ酔いの廻らぬうちに、良介に見せたのだが、今では、それを後悔していた。帰ったら丸めて屑籠へ捨てられるのかと思うと、取り返したいほどに思った。そっと抜きとってやろうと、手を出しかけたとき、良介がコップを置いて、こちらに向き直った。

「おれは、貴様を弟にするのはいやだ。断るよ」

彼の酔眼には、憎悪が燃えていた。幸彦には、すぐには、その意味がわからなかった。

(弟？　ああ、そうか、芳江との婚約のことを云っているんだな)

良介はこの話に、もともと乗り気でなかった。彼は商業美術家の幸彦を軽蔑していた。ということは、つまり、自分の貧窮《ひんきゅう》に比べて、彼の豊かな収入を嫉妬していたわけだが、それだけではない。何か妙に気性が合わなかった。それに、彼は妹に対して奇妙な執着を持っているように見えた。父が一人娘に応じる執着に似ていた。精神分析的には、シスター・コンプレックスとでもいうのであろう。意識せざる一種の恋愛だ。凡《すべ》ての事情が幸彦には不利であった。しかし、芳江が古風に兄の許しを得てくれと頼むので、三月《みつき》ほど前、勇気を出して、兄の良介にプロポーズした。むろん、即座には承知しなかったが、芳江からも執拗に働きかけたので、一《ひ》と月《つき》ほどたって、やっと承諾を与えた。しかし、二人の結婚式が近づくにつれて、良介は承諾したことを後悔しはじめているように見えた。芳江との二人暮らしから、独りぼっちになるのを、堪えがたく思っている様子だった。酔いにまぎらせて、ともすれば突っかかってくるのは、「妹をやるのはいやだ」と云い出すきっかけを作るためではないかと、幸彦は疑っていた。そして、良介は、今、とうとうそれを云い出したのだ。

だが、幸彦も酔っているので、負けてはいなかった。

「妹が惜しくなったのか」

「ウン、惜しい。貴様みたいな堕落した商売人に芳江をやるのは惜しいのだ。『お高くとまって、絵の売れないやつ』とは何だ。その一ことで、おれは貴様と絶交する。芳江にも絶交させる」

「アナクロニズムだ。そんな云い草は江戸時代の封建思想だ。妹は兄の所有物じゃないぞ。法律的に云やあ、君に断る義務なんか、ちっともないんだ。ただ、友情で承諾を求めたんだ。君が何と云おうと、芳江さんは、僕のところへ来る。君は妹と友人と、同時に二人なくするんだぞ」

身をかわすひまもなく、握り拳が、パッと顔を打った。口の中に塩っぱいものが流れた。唇が切れたのだ。

二人は立ち上がっていた。

「相馬さん、だめじゃないの。あんたが悪いわ。およしなさいったら……」

スタンドの向こう側から、マダムの桃子が引き分けようとしたが、及ばなかった。泥酔した良介は、ヨロヨロしながら、両手をひろげて、幸彦に摑《つか》みかかって行った。

「アッ、あぶないッ」

桃子の叫び声と、良介が恐ろしい音を立てて倒れたのと同時だった。幸彦が身を防ぐために、良介の胸を強く突いたのだ。泥酔者は、その一撃に、もろくも、のけざまに引っくり返ったのだ。

倒れたまま、いつまでも起き上がらないので、幸彦はそばによって、引き起こそうとした。マダムもスタンドのそとへ駈け出して来た。良介はグッタリとなっていた。

「いやだわ。気絶したんじゃない。さっき、ここの角へ頭をぶっつけたようよ」

その隅に陶器の手洗い台が取りつけてあった。倒れるはずみに、その陶器に頭を打ち当てて、脳震盪《のうしんとう》を起こしたのかも知れない。幸彦は酔いも醒めて、良介の長髪の頭を、手でさぐって見た。だが傷ついたり、血が流れたりはしていなかった。

「相馬君、どうしたんだ。しっかりしたまえ」

幸彦が、彼を抱き起こしていると、桃子がコップに水を入れて来て、良介に飲まそうとしたが、うまくはいらないので、思い切って、その水をパッと顔にぶっかけた。すると、良介はやっと目をひらいて、キョロキョロとあたりを見廻したが、やがて、幸彦に支えられてノロノロと立ち上がった。

「ひでえことをしやあがる」

痛そうに顔をしかめながら、後頭部に手をやってさすっている。

「勘弁してくれよ。時のはずみだ。頭は大丈夫かい」

酒をついだコップを出すと、良介は無言で受け取って、椅子にかけて、半分ほど飲んだ。そうして、スタンドの上に両手を曲げて、そこに顔をふせ、しばらくじっとしていたが、ヨロヨロと立ちあがると、一ことも物を云わず、まッ青な顔をして、表へ出て行ってしまった。

幸彦は後を追わなかった。相手が怒って、物も云わずに立ち去ったと感じたので、そのままスタンドの前に腰かけていた。ハンカチを出して、唇から顎に垂れている血をふいた。思ったより出血が多く、ハンカチが真赤になった。

「ねえ、真下さん、あの人、なんだか様子が変だったわ。大丈夫かしら」

しばらくして、桃子が心配そうな顔になって云った。それを聞くと幸彦も不安になって来た。あれほどの喧嘩をしたのに、何も云わないで、しおしおと出て行ったのは、ただ事でないように思われた。

「アラ、そこに落ちてるのは、あの人のベレーじゃない？　帽子も忘れて行ったんだわ」

幸彦はそのベレー帽を拾い上げて、土を払っているうちに、一層不安がつのって来た。

「じゃあ、僕、ともかく追っかけて見る。多分駅の方だろう。勘定して下さい」

金を払ってバーを出た。まだ夜ふけでもないのに、飲み屋街にはほとんど人通りがなかった。彼はその暗い道を、半ば走るようにして、大通りの方へ急いだ。

その頃、相馬良介は、例のガード下の十字路の方角へ、フラフラと歩いていた。すれちがう人には、泥酔者に見えた。事実酔ってもいたけれど、彼のこの夢遊病者のようなフラフラ歩きは、酔いのためばかりではなかった。さっき打ったところが痛むのか、歩きながら、ときどき後頭部に手をあてて、顔をしかめた。

舗道の小暗い隅に、寒さにもめげぬバーの客引女や、(注6)パンパンの姿がチラホラしていた。その中の一人が、酔っぱらいと見て、良介と並んで歩きながら、半外套の袖を引いた。

「ねえ、いいでしょう。ちょっとよ」

良介は見向きもしなかった。まるでつんぼのように、前を見たまま、フラリフラリと歩いていた。

「チエッ、やんなっちゃう」

よく見ると、身なりがみすぼらしいので、客引女は舌打ちをして、引きさがって行った。

良介は何事もなかったように、そのままふらついて行った。チラホラ雪が降り出していた。大通りは、多くの店が戸をしめて、暗かった。向こうに十字路のガードが見えて来た。いつの間にか、良介の横に別の女が、よりそっていた。

「寒いわね。雪だわ。こんなとこ歩いてないで、どこかへ行きましょうよ。ね、あたしが暖《あたた》めてあげるわ」

そのパン助は奇妙な恰好をしていた。二十二、三の、そんなに見にくくない女だが、まッ赤なスウェーターのわきの下に、松葉杖をついて、ピョイピョイと飛ぶように歩いていた。片足は宙にぶら下がって、地面につかないのだ。寒いのにオーバーも着ていなかった。

良介はやっぱり見向きもしなかった。そのころから、彼の歩調が一層乱れて来た。前のめりになって、今にも倒れそうに見える。

「どうかなすったの？　ね、はやく部屋にはいって、やすみましょうよ」

彼は「うるさいッ」というように、烈しく手をふった。女はびっくりして身をよけたが、良介は手を動かしたはずみに、からだの中心を失って、そこへ倒れてしまった。

「アラ、こんなところへ、ころんじゃあ、だめじゃありませんか」

女は親切に、松葉杖を置いて、手をかして起こしてやった。だが、良介はやっぱり、うるさそうに、女を払いのけるようにして、前かがみに、よろめいて行った。

女はあきらめて、その場に立ったまま、ふしぎな男を見送っていた。

良介は朦朧《もうろう》とした意識の中で、胸苦しさに堪えなかった。タクシーを拾って帰りたいと思った。すると、彼の目の前に、舗道に接して一台のキャディラックがとまっていた。良介の目には、それが客待ちのタクシーに見えたのか、その方へよろめいて行って、後部席のドアをひらいて、中にのめりこんだ。ドアをしめるのがやっとだった。彼はクッションに腰かける力もなく、ジュータンを敷いた車の床に横になってしまった。

しばらくすると、交番を出て十字路を横切った伊勢のすがたが、急ぎ足に近づいて来た。彼は自動車の前で、頭や肩に降りかかった雪を払いおとし、運転席に飛びこんで、ハンドルを握った。

スタートしようとして、ふと窓のそとを見ると、すぐ近くの街燈の下に、妙な若い女が立っているのに気を引かれた。その女は口紅の濃い厚化粧をしているくせに、松葉杖をついていたからだ。赤いスウェーターの両わきに松葉杖の腕木が喰《く》いこんでいた。

ガラス越しに覗いていると、女はちょっと手を動かして、こちらへ呼びかけそうな様子をした。「オヤッ」と思ったが、そのとき伊勢の手は、もうチェンジ・レバーにかかっていた。車は動き出した。女は元の場所にじっと立ったまま、遠ざかって行く車を、いつまでも見送っていた。

5 闖入者《ちんにゅうしゃ》

伊勢のキャディラックは、新宿から青梅街道を荻窪《おぎくぼ》の方向に走っていた。雪はいよいよ降りしきり、前方を見通すのが、やや困難なほどであった。もう見わたすかぎり屋根も道路も白くなっていた。運転席の時計は十時十分だった。

高円寺《こうえんじ》のあたりにさしかかっていた。前方から大きなヘッドライトの二つの目が、恐ろしい早さで近づいて来た。規定を無視した暴走だった。伊勢はハッとして、あわててハンドルを廻した。車は急角度に曲がって、烈しく動揺した。道路に大きな穴があいていたのだ。

彼の狼狽《ろうばい》を黙殺して、暴走のトラックは、弾丸のように通りすぎて行った。舌うちをして、車の方向を立て直そうとしたとき、ふと気がつくと、後部席のドアがひらいていた。うしろ手にしめようとしたが、気になることがあった。

今のショックで、死体を入れたトランクの蓋に異状が起こってはいないだろうか。降りて見ないではいられなかった。雪の中に出て、うしろに廻った。トランクの蓋を両手でゆさぶって見た。異状はない。それから横に出て、後部席のドアをしめようとして、チラと中を見ると、座席の下に、妙な物体がころがっていた。人間だった。伊勢は化けものを見た人のように、立ちすくんでしまった。

友子の死体が、彼女の異常な執念の力で、トランクの中から後部座席へ、抜け出して来たのではないかと、ゾーッとした。だが、よく見ると、それは男だった。見知らぬ男だった。あり得ないことが起こったのだ。夢でも見ているのじゃないか。頭が変になったのじゃないか。どう考えても、そこに男が寝ている意味がわからなかった。

しかも、気味の悪いことには、その男は、少しも身動きしないで、まるで死人のようにだまりこんでいるのだ。

もっとよく調べるために、車内燈をつけようとして、そのスイッチの方へ手をのばしたが、ふと気がついて、手を引っこめた。こんな場面を誰かに見られたら一大事だ。念のためにグルッとあたりを見廻してみた。すると、ギョッとするようなものが目にはいった。すぐうしろに赤い電燈がついていた。医院ではない。交番だ。ちょうどそのとき、赤い電燈の下のガラス戸がひらいて、中から制服の巡査が出てくるのが見えた。

怪しまれてはいけない。グズグズしていると声をかけられそうな気がした。彼はあわてて後部のドアをしめ、運転席に飛びこむと、大急ぎで車を出発させた。

まだスリップの心配はなかった。雪は降りしきっていたし、道はまっ白だったが、凍てつくほどの寒さではなかった。よく舗装された大道が一直線につづいていた。すれちがう車も、だんだん少なくなって来た。

ハンドルを握って、前方を見つめながらも、たえず、後部席に倒れている怪人物が気になっていた。今にもヌーッと起き上がって、うしろから頸をしめにくるのではないかと、異常な恐怖を感じた。バック・ミラーにチラッチラッと目をやらないではいられなかった。突然、鏡一ぱいに、あの男の顔が現われるのではないかと思うと、頸筋がゾッと寒くなった。

荻窪のへんをすぎて、しばらくすると、道がせまくなり、両側は際立って暗くなった。人家もまばらになり、ところどころ、竹藪《たけやぶ》などがつづいていた。彼は横丁に車を入れて、うしろの座席をよく調べたいと思った。人家のない枝道を探しながら、車を走らせた。

街道の両側には、まばらに街燈が立っていた。その光の中を、うす黒く見える細かい雪が、舞い狂うようにして無限に落下していた。両側の木立ちのあいだに、藁葺《わらぶ》き屋根の百姓家が見えはじめた。それらの大きな屋根にも一面に雪がつもっていた。凍えるような外部の寒気に引きかえ、車内にはヒーターがあるので暖かかった。むし暑いくらいだった。だが、その温気《うんき》のためにフロントグラスが曇るので、たえずそれを拭きとらなければならなかった。

角に竹藪があり、すぐには人家のなさそうな枝道があった。彼はそこへ半丁ほど車を入れて停車し、ヘッドライトもテイルライトも消してしまった。そして、しばらくあたりの様子を窺《うかが》ったが、近くには一点の明かりも見えなかった。

運転台のドアのバッグに、いつも懐中電燈がいれてあった。彼はそれを取り出して、先《ま》ず運転席から、うしろへからだをのり出すようにして、後部席の腰かけの下を照らして見た。その時、一瞬間、彼は異様な想像に慄然《りつぜん》とした。もし、うしろに誰もいなかったら！　さっきの人間が消えてしまっていたら！　背筋を何かがスーッと走りくだるのを感じた。

だが、彼は気が狂ったのではなかった。懐中電燈の光の中に、男が横たわっていた。さっき見たままの姿態で横たわっていた。美術家のような長髪が乱れ、痩せたとげとげしい顔が、目をつむっていた。派手な格子縞の半外套、窮屈に曲げた黒いコールテンのズボンの先に、ドタ靴が重なり合っていた。

やっぱり怪談めいた恐怖が去らなかった。いったいぜんたい、こんな妙な男が、車の中へ、どうしてはいって来たのか、想像を絶する奇怪事だった。夢でも幻でもないことは、もうわかっている。とすれば、一層不可解な謎であった。

伊勢は懐中電燈を消して、音を立てないように車から降り、闇の中に立って、もう一度入念にあたりを見まわし、耳をすました。一点の明かりも見えず、何の物音もなかった。本街道を遠くから近づいて来る自動車の気配も感じられない。そこで、やっと安心して、後部のドアをひらき、再び懐中電燈を点じて、怪人物に触って見た。声を出さないで、そのからだを揺り動かして見た。だが、男は何の反応も示さなかった。顔色が紙のようにあせていた。男の額のへんに手をあてて、もういちどゆすって見たが、その額は不気味に冷たかった。眠っているのではない。死んでいるのだ。

急いで、手首の脈をとって見た。脈は全くなかった。男の胸の前に、鏡のようにピカピカ光るものが落ちていたので、何気なくそれを拾って、男の鼻と口の前にかざし、懐中電燈でその表面を照らして見た。長いあいだ、そうしていても、金属の光る面は少しも曇らなかった。たしかに死んでいる。

不思議は一層深まるばかりだった。自分が運転している自動車の中に、いつの間にか一箇の死体が横たわっている。これは正に怪奇小説の題材ではないか。現実の世界には、あり得べからざる出来事ではないか。

いや、一箇ではない。この自動車には死体が二箇隠されていたのだ。一つは後部トランクに、一つは座席の床《ゆか》に。これほど奇怪な偶然というものが、あり得るのだろうか。魔術師があって、トランクの女性の死体を、男性に変えて、座席の床に移したのではないか。友子の死体は、幻術によって、この男に変身させられたのではないか。

伊勢は正常の世界を離れて、狂気の国に迷いこんだような気持だった。雪の深夜、人里離れた闇の中に、ただ一人、二つの死体を前にしては、どんな人間でも、異常の心理状態に陥らないではいられなかったであろう。

彼は俄《にわ》かにトランクの中が心配になって来た。何もないところに、男の死体が出現したのだから、トランクの中の友子の方は、逆に消え失せていないとも限らぬ。狂気の国の判断力が、彼をあわてさせた。彼は急いでポケットの鍵束を取り出し、車のうしろに廻って、ソッとトランクの蓋をひらいて見た。懐中電燈の光を入れると、茶色のスーツの肩が見えた。見覚えのある頭があった。目をつむった友子のおだやかな顔があった。彼はやっと安堵して、トランクの蓋に鍵をかけ、もとの後部座席に戻った。

この男は何者だろう。どうして、車の中で死んでいたのだろう。そんな隙がどこにあったのだろう。すると、彼の頭に、さっきの追突事件が甦って来た。

(そうだ。あの時、おれは少なくとも二十分は交番にいた。そのあいだ、この車は空っぽのまま捨ててあった。あの時にちがいない。何者かが、死体をこの車の中へ隠したのだ。この男はその前に殺されていたのだろう。その死骸を、犯人がおれの車へ投げこんだのだ)

伊勢がそう考えたのは、きわめて自然であった。相馬良介が、バー「桃色」で倒れたとき、脳震盪を起こし、伊勢の車にたどりついてから、脳の血管の出血が烈しくなって、ついに絶命したというようなことを、誰が想像し得たであろう。頭部の打撲による死亡は、打撲から数日後に起こることさえ屢々《しばしば》ある。決して想像外の出来事ではないのだが、しかし、今の場合、伊勢には到底そこまで考え及ぶ力はなかった。やはり死体になってから、投げこまれたと判断するのが自然であった。

（オヤッ、あれに何か意味があったのかな？）

彼の頭に、チラッと若い女の姿が浮かんだ。まっ赤に口紅を塗って、赤いスウェーターに松葉杖をついて、街燈の下にションボリ立っていた。新宿の十字路を出発するとき、彼に何か話しかけたそうにしていた、あのふしぎな女だ。

（まさか、あの足の不自由な女が、この大男の死骸を運んだり、車に入れたりすることは出来ないだろう。すると、あの女は、真犯人が死体を入れるところを、目撃したのじゃないだろうか。それで、あんな妙な表情で、おれに呼びかけようとしていたのではあるまいか。恐らく犯人がまだその辺にいたのだろう。だから、あの女はその犯人を恐れて、思い切っておれに呼びかけることが出来なかったのだ。それとも、あの女は犯人の仲間かも知れない。犯人に命じられて、見張りをしていたのかも知れない。しかし、あの女自身は決して悪人じゃない。悪人の顔じゃない。だから、犯人を裏切ってでも、おれに知らせようとする気持を起こしたのかも知れない）

そこまで考えると、犯人はいったい、どんな方法でこの男を殺したのかという疑いが起こった。彼は美術家らしい男の死体を、いろいろに動かして、傷をしらべたが、血は全く流れていなかったし、刃物の傷も、弾丸の傷も、どこにもなかった。頭部の打撲の箇所にも、裂傷がないので、長髪の上からは見分けられなかった。頸にも絞殺のあとはなかった。毒殺かも知れないと思った。

それにしても、この男がもし殺人事件の被害者だとすると、伊勢は二重の犯罪に関係を生じたことになる。彼自身の殺人一つだけでも、これほどの苦労をしているのに、その上また別の殺人事件を背負《しょ》わされたのだ。その複雑な重圧に、心もからだも、もはや堪え切れぬ思いがした。

いっそ、ここへ警官が現われてくれればいいと思った。そして、二つの死体を発見して、俺を縛ってくれたら、どんなに楽になるだろうと思った。

彼はしばらく、放心したように、突っ立っていた。晴美の顔が、頭の闇の中に着色映画のように現われた。ああ、晴美のことさえ、長いあいだ忘れていた。彼女はあすの朝、熱海で恐ろしい役目を果たさなければならないのだ。きっとやって見せると云っていた。

「それよりも、あなたの方が心配だわ」と云った。……その晴美の幻影が彼に闘志を呼び戻してくれた。

(これぐらいのことでへこたれて、どうするんだ。犯罪にはあらゆる難関が、次々と迫ってくるのだ。困難な事業と同じことだ。おれは、やり抜いて見せる。そのほかに、今まで通りのおれとして、生きて行く道はないのだ。やり抜くほかには、どんな逃げ道もないのだ）

彼は俄かに実務的になった。何よりも先ず、この男の身元を調べなければならない。さっきは無心で使用した、鏡のように光ったものが、銀のシガレット・ケースであることに気づいた。死人のポケットから落ちたものに相違ない。彼はそれをひらいて、電燈の光を当てて見た。内側は金メッキがしてあり、ゴムバンドにピースが五、六本残っていた。蓋の裏に何か文字が彫刻してあった。

愛するお兄さまへ、Y

これによって、この男には少なくとも一人の妹があり、その名がヤユヨのうちのどれかで始まっていることがわかった。

次に死体の全部のポケットを探して見た。外套のポケットからは、煙草屋でくれるマッチと、アート紙に印刷したどこかの広告リーフレットと、古い皮手袋、上衣のポケットからは、札入《さつい》れと、ハンカチ、ズボンのポケットからは、十円銅貨が幾つかと、丸めた鼻紙が出て来た。

半外套にも上衣にもネームはついていなかった。ひょっとしたら、ワイシャツに洗濯屋の目印があるかも知れないと思ったので、上衣の襟をはだけて、カラーの下を覗いて見ると、茶色の糸で片仮名が縫いつけてあった。カラーのボタンをはずして、裏がえして見た。『ソーマ』と判読できた。

(ソーマ、ソーマ……相馬だ。相馬にちがいない)

そのほかに思い当たる姓はなかった。

ポケットから出た広告リーフレットをよく調べて見た。それはアート・ペーパー三つ折りのしゃれたもので、表紙にシュールレアリズムの画風で、美しい女の姿が印刷してあった。銀座の志摩真珠店のリーフレットだ。この画家は志摩真珠店の図案係りをやっている相馬という画家なのであろう。

それだけであった。着衣にも、持ち物にも、犯罪の手掛かりになるようなものは、何も発見されなかった。

さて、この死体の処置をいかにすべきであろうか。もし、トランクに友子の死体のない場合ならば、ありのままを届け出るのが最もたやすく、また安全な道だが、それは考えのほかに置かなければならぬ、と云って、男の死体を車から出して、どこかへ捨てて置くことは、むろん出来ない。そこから足がついて、彼の真実の犯罪までもあばかれてしまう懸念がある。やっぱり、この死体もダムへ運んで、永久に隠してしまうほかはない。他人の犯罪を幇助《ほうじょ》するようなもので、実にばかばかしい話だが、それ以外に適当な方法がないのだ。どうせ友子の死体を隠すのだから、ついでにもう一つの死体を同じ場所へ運んだところで、二倍の手数を要するわけでもない。

ただ一つだけ非常に気にかかることがあった。それは、今夜何か大きな犯罪があって、この沿道に非常線が張られているのではないかという不安だった。その場合は、たとい真夜中でも、いや、真夜中なれば余計に、車は一々《いちいち》停車を命じられ、免許証を調べられ、住所姓名や行く先を訊ねられる。まさか後部トランクまでひらかれることはあるまいが、この訊問が恐ろしい。どんなことで疑いをかけられ、一層詳しく取り調べられるかも知れないからだ。そういう際に、この男の死体は致命的だ。トランクの中へ、二つの死体ははいらない。クッションにかけさせて、病人とでも見せかけるほかはないが、非常線にぶっつかったら、そんな欺瞞《ぎまん》は忽《たちま》ち見破られるだろう。

画家の死体をこの辺の林の中へ捨てて出発するのと、それを後部席にのせて、ダムまで運び、完全に抹殺して、あとくされを残さないのと——非常線という万一の場合を考慮に入れて——どっちが安全率が多いか。これはむつかしい問題だった。

伊勢は脳髄のまんなかへ、思索の錐《きり》を揉《も》みこむようにして、考え抜いた。そして、結局、画家の死体を運ぶ方に賭けることにした。どんな事業にも、計算しきれない部分がある。彼は今その部分に出くわしたのだ。それは賭博以外のものではなかった。丁か半かは、盲目の意志で極《き》めるよりほかはない。そして、彼はそれを極めたのだ。

決意すると、彼はすぐに画家の死体を抱きあげて、座席に腰かけさせ、上半身をクッションの隅に凭れかけさせて、病人か泥酔者のように見せかけることにした。ポケットから取り出した品物は、全部もとに返したが、リーフレットと銀のシガレット・ケースだけは、伊勢自身の内ポケットへしまいこんだ。

この死体検査と決意のために殆《ほとん》ど三十分を費やした。いそいで出発しなければならない。彼は運転席にもどって、車をバックさせ、本街道に出ると、ヘッドライト、テイルライトを点じて、青梅の方向へ走り出した。時計は十一時三十分を示していた。

雪はやや小降りになっていた。行き交う車も殆どなく、無人の境を疾走する感じだった。道は悪くなかった。

田無《たなし》の辺を過ぎたころから、両側は林や田や畑ばかりになった。街道に立っている街燈の間隔が、恐ろしく広くなって、見渡す限り白皚々《はくがいがい》たる闇の曠野《こうや》であった。

ごくまれに、交番の赤い電燈の前を通過したが、巡査の姿は見られなかった。この分なら非常線が張られている様子もない。彼はホッと溜め息をもらして、一層車の速度を加えた。だが、この先に青梅の町がある。そこに犯罪事件が起こっていたら、やはり非常線の危険がある。まだ安心はできないのだ。

彼は顔にもからだにも汗をかいていた。熱さに堪えなかったので、ヒーターのスイッチを切ってしまった。そうすれば、ひっきりなしにフロント・グラスを拭く手数もはぶけるのだ。

四十分も走ると、向こうに青梅市の燈火が見えてきた。この難関を越せば、あとは奥多摩《おくたま》の山道にかかるのだ。山道には山道で、また別の危険があるけれども、さし当たっては、眼前の不安であった。交番の赤い電燈が見えるごとに、ヒヤヒヤしたが、何事もなく町に入った。雪の夜の十一時半、町は皆寝静まって、人通りもなかった。青梅警察署の前さえ通過したけれど、警察そのものも、廃墟のように静まり返っていた。

6　湖底の秘密

青梅の町はずれから、道は二つにわかれている。一方は氷川《ひかわ》町を経て小河内《おごうち》から山梨県に出る街道、一方は北に折れて谷沢町から藤瀬を通って埼玉県に出る街道だ。伊勢のキャディラックは、北折して谷沢町を通過し、多摩川支流の渓谷沿いのけわしい山道にさしかかった。

道は急角度のジグザグ・コースをとり、刻一刻高度を増して行く。右は急傾斜にそばだつ山、左は底知れぬ渓谷、その谷底から、岩に激する流れの音が、エンジンの響きにまじって、幽かにきこえてくる。もう降りやんではいたが、山路《やまじ》は一層雪が深く、山も谷も街道も、白一色《しろいっしょく》に塗りつぶされ、道と谷とのけじめもつかず、急角度の曲がり角ごとに立っている、自動車のための標示板も、雪に覆われて見わけられず、運転は極度に困難になって来た。

ほんとうなら、この辺で、タイヤに辷《すべ》りどめのチェーンをまくところだが、町ばかり走っているキャディラックには、チェーンの用意がなかった。しかし、幸いなことには、この街道は、藤瀬ダム建設のために幅の広い舗装道路になっていたので、ゆっくり走れば、谷間に転落する危険は、ほとんどなかった。急角度の曲がり角の外側には、車どめの石垣が築いてあったし、谷との境目の見分けられぬ箇所は、出来るだけ山沿いに走れば、先《ま》ず安全であった。

山道にはいってからは、沿道に部落らしいものは全くなかった。自動車は白皚々の無人の境を、ひとりぼっちで、あえぎのぼって行った。遠くからヘッドライトを見られはしないかという心配はあったけれど、それを消しては、とてもこの山道を進むことはできなかった。ヘッドライトの光の中は、何の変化もない白一色で、ともすればキラキラ光る深い霧のただ中を、めくら滅法に突き進んでいるような錯覚に襲われた。

もう真夜中の十二時に近くなっていた。夜がふけるにつれ、高度を増すにつれ、雪道はコチコチに凍《い》てて来た。ともすれば、タイヤが空廻《からまわ》りして胆を冷やした。運転者にとって、これほど恐ろしいものはない。しかもそこは、一つ間違えば千仞《せんじん》の谷底に転落する、急角度の坂道なのだ。

伊勢は全神経を運転に集中しなければならなかった。車内のヒーターは消したままだったけれど、彼は全身に汗をかいていた。チカチカするまっ白なものばかり見つめているので、ボーッと視力がかすんでくることがあった。そういうときは、仕方がないので、車をとめて、力いっぱいブレーキを踏んでいたが、それでも、グッ、グッと、車が後方に辷った。

奇妙な想念がチラッと頭の隅にひらめいた。

(友子の怨霊が、うしろから引きとめているんじゃないか)

伊勢はそんなことを考える性格ではなかったが、雪にとじこめられた深夜の山中という環境が、ふと彼の心に隙間を作ったのだ。その想念がひらめくと、背筋をツーッとなにかが這い上がって、ぼんのくぼの毛が、音をたてて逆立つのを感じた。

彼は、こんな雪の夜に、死体を藤瀬ダムまで運ぼうとした無謀を、後悔しはじめていた。こんな冒険をしなくても、いくらも死体処理法があったにちがいないと思った。水入れ直前のダムの底という、独創的な死体隠匿場所に魅了せられたのがいけなかった。われとわが着想に惚れこんでしまったのがいけなかった。

悲観的な想念ばかりが、次々と湧き上がって来た。晴美の方でも、今夜かあすの朝、とりかえしのつかぬ失策をやるかも知れない。そして凡てが失敗に終わって、彼は愛人といっしょに法廷に引き出され、衆人の前に醜態をさらすのだ。法廷の場面が、瞼の裏にまざまざと描き出された。

彼はそこでハッとして、われに返った。もうくずおれそうになった最後の一線で、気をとり直した。持ち前の根強い闘志が心中の魑魅魍魎《ちみもうりょう》を、一挙に叩き伏せた。

(しっかりしろ。お前はそんな弱い男じゃなかったはずだ。どんなことだって、やる気になればやれるものだという信念を持っていたんじゃないか。その信念をふるいおこせ。そして、この困難な事業を、なしとげて見せよ。凱歌《がいか》をあげる日を想像しろ。晴美が可愛くないのか。彼女との天下晴れての同棲を楽しいとは思わないのか)

彼はまた慎重な運転をはじめた。走行メーターから推定すると、藤瀬ダムまでは、あと五キロ余りの計算だった。山道の五キロは決して楽な行程ではなかったが、もうその半ば以上を越したのだ。最後の胸突《むなつ》き八丁を征服すれば、富士の山頂をきわめることが出来るのだ。

道はいよいよ登り坂になった。車輪の空廻りも益々はげしくなった。虫の這うような運転だった。もう車の操縦のほかは何も考えなかった。ヘッドライトの光の中の白一色にも、やや慣れて来た。ジグザグの曲がり角に来るたびに、一つ、二つと勘定した。その数がふえるにしたがって、ゴールへの距離が縮まって行くのだ。

果て知らぬ難業苦業ののちに、やっと峠の頂上に達した。そこからは、やや平坦な道になる。遥《はる》かに電燈の光が幾つも見えた。堰堤《えんてい》附近の工事用の電燈だ。それが凍った光を、あたりの雪山に投げ、その下に堰堤の巨大な直線が見えている。

堰堤はもう完成され、今から四日後の三月一日には、工事中の導水トンネルの口をつぶし、湛水《たんすい》がはじめられる。だから、堰堤附近の工事場に残っているのは、必要な事務所(注7)と飯場《はんば》だけで、もう夜業などはしていない。まして、この雪の夜、事務所も飯場も寝しずまっているにちがいない。

しかし、犯罪は他のいかなる事業にもまして、綿密入念でなくてはならない。一分《いちぶ》の隙があっても、発覚のもとになるのだ。若《も》し、飯場か事務所の窓から、遥かの峠道のヘッドライトを見られたら、後日どのような不利な証言とならないものでもない。幸い道は平坦になった。この先は、やはりジグザグの下り坂で、運転の困難は上り坂に劣るものではないが、事務所や飯場からだんだん見られやすい位置になるのだから、万難を排して、すべての燈光を消してしまうほかはなかった。

彼はヘッドライトのスイッチを切って、車を止めた。そして、じっとその闇を見すえていた。視力を慣らすためだ。すると、雪明かりの不思議さは、あたりの景色がだんだん見分けられるようになって来た。

もうこれなら大丈夫と思ったとき、車をスタートした。注意に注意をして、ゆるゆると進めたが、道の平坦なうちはよかったけれど、やがて下り坂にかかると、運転は困難をきわめた。雪の坂道は、上りよりも下りが危険であることが、わかって来た。またしても、ジグザグ・コースがはじまった。曲がり角がだんだん急になって来た。

彼の注意力に、目にもとまらぬほどの隙間《すきま》があった。ハッとしたときには、車がとめどもなく辷っていた。ブレーキをかけて車輪そのものは止めているのだが、タイヤが固い雪の上をズルズルと辷った。

もうだめだと思った。全身の汗が一瞬に凍った。すぐ目の下に、自動車道の端があった。その向こうは千仞の断崖だ。

しかし、彼の執拗な気力は、最後の試みを放棄しなかった。ギヤをバックに入れて、ブレーキをはずした。後部車輪が、烈しい勢いで逆に回転した。だが、空廻りだ。ピューンという機械鋸《きかいのこぎり》のような、いやな音を立てて空転した。

そのとき、ガクンと恐ろしいショックを感じた。断崖から転落するときのショックだったか？　いや、そうではなかった。そこには、道と谷との境目に低い石垣があった。雪に覆われた車止めの石垣があった。前部バンパーが、それにぶっつかったのだ。その石垣と、後部車輪の逆回転との、二つの力があわさって、車は辛うじて停止したのだ。

助かった。無限の谷底へスーッと落ちこんで行く予感に、目をつぶっていた伊勢は、やっと死ななかったことを自覚した。助かったのだ。最後の瞬間に、車を逆回転させた咄嗟の努力によって、彼は助かったのだ。

それから、全身の神経を手と足にこめて、ソロソロと、車を正しい方向にむけ直した。そして、虫の這うような速度で、坂道をくだって行った。

晴天の昼間ならば五分の行程に、三十分を要した。全身汗みどろの、息も絶え絶えの三十分を要した。そして、やっと藤瀬部落へ下《くだ》る分かれ道にさしかかった。その辺からは、工事のための明るい電燈が、ところどころに立っているので、やや運転が楽になった。それから、分かれ道に入ってからも、辷りやすい下り坂に、たっぷり二十分はかかった。部落の中の平坦な河原に着いたときには、もう一時二十分をすぎていた。

アパートを出発したのが九時二十分ごろ、それから、新宿十字路の追突事件、途中で画家の死体調べと、無駄な時間を費し、その上、山の難路に普通の数倍の時間がかかったので、往路だけで四時間が経過した。予定の二倍である。帰りは何の事故も起こらないと仮定しても、夜明け前に東京に着くのがやっとであろう。

だが、まだ二つの死体処理という大仕事が残っていた。それを完了するまでは、決して安心はできない。部落の闇の中に、どんな障害が待ち構えているかも知れないのだ。

出来るだけ例の古井戸の近くまで車を進めて、雪の上に降り立ったときには、全身へとへとに疲れ切っていた。身を切るような寒さも、ほとんど感じなかった。寒さのためではなく、手も足もしびれたようになって、物の役に立たないのかと案じられた。

何よりも喉がカラカラにかわいていた。見るとすぐそばに白い大入道のような立木があったので、彼はそこへよろめいて行って、木の葉につもった雪を掴んで、口に入れた。だが、雪では満足しなかった。うしろの河原に、音を立てて水が流れている。

彼はまたその方へよろめいて行った。雪の河原に腹這いになって、凍るような水を、ガブガブと飲んだ。そして、そのまま起き上がる力もなく、グッタリとしていた。寒さはまだ感じなかった。

（お前は眠ってしまうつもりか。眠れば凍死するばかりだぞ。自動車の中に二つも死体をほうっておいて、このまま死んでしまうのか。なんという意気地なしだ。最後の五分間だぞ。しっかりしろ。しっかりしないかッ）

やっと起き上がった。そして、さいぜんよりはしっかりした足どりで、自動車のところへ帰った。

先ず最初に「ソーマ」という画家の死骸だ。彼は後部席のドアをあけて、死体のドタ靴の足首をつかむと、全身の力をこめて、ズルズルと、そとへ引っぱり出した。そして、肩と腿《もも》に手をかけて、からだを二つ折りにして、やっと抱きあげることが出来た。

遠くの電燈の余光と雪明かりで、古井戸の見当はついていた。そこまで三十メートルはあるだろう。そのくらいなら、重い荷物を持って歩けそうだ。

さっき峠を越してからは、積雪の量がグッと減っていた。この藤瀬部落の盆地も、案外雪は深くなかった。そのかわり、地面はコチコチに凍てているので、よほど足元に注意しないと、辷ってころびそうだった。その上、ここには大小の石ころがゴロゴロころがっている。疲れ切ったからだで、重い荷物を運ぶのは容易なことではない。辷らないように、一歩一歩、足を踏みしめて、狭い歩幅で歩いた。死体は痩せているけれど大男なので、疲れた腕には耐えがたい重さだった。右の方の遠くの高台に、ダム工事の電燈がキラキラしている。光線そのものが凍りついたような、淋しい光だ。頭の上にドス黒い空がかぶさっている。やがて人工の湖水になる広い谷間の盆地、その巨大な雪の窪みの中に、たった一人の人間が、死骸を抱いてトボトボと歩いている。その孤独な哀れな姿を、ドス黒い空の上から、何者かがじっと見つめている。豆粒《まめつぶ》のような人間を、じっと見つめている。

ハッとすると、彼は死骸を抱いたまま、前のめりに、ころんでいた。注意に注意していても、つい石ころにつまずいたのだ。「ソーマ」画家の死骸が烈しく尻餅《しりもち》をついて、地面に横たわった。

伊勢は起き上がる前に、ポケットに入れて来た懐中電燈を点じて、地面を照らして見た。もし何かの痕跡を残してはという不安のためだ。犯罪者の神経は無用なまでに細かくなる。地面には何も落ちていなかった。それよりも、彼を喜ばせたのは、雪の上に、死体が尻餅をついたあとも、彼の靴跡さえも、ほとんど残っていないことであった。雪が凍てて固くなっていたからだ。堪水まではまだ四日ある。そのあいだ、無人の盆地の雪の上に、自分の足跡だけが点々と残っているかもしれないという考えが、彼をひどく不安にしていたのだが、極寒《ごくかん》が彼を救ってくれた。その唯一の不安が解消した。

再び死体を抱き上げて、漸《ようや》く古井戸に達した。そこで一度死体をおろし、懐中電燈で、井戸の底をのぞいて見た。深さは三メートルほど、底は雪に覆われていたが、三カ月前にのぞいたときと、変わりはないように見えた。井戸がわはなくて、まわりに藤瀬石の角材が不規則に置かれているばかりだった。死体を抱きあげ、井戸のまわりの雪をくずさないように注意して、ゆっくりと、黒い穴の中へおとしこんだ。鈍い地響きとともに、なにかグシャッというういやな音がした。

伊勢は井戸のそばに立ったまま、しばらくじッとしていた。河原のせせらぎの音がきこえて来た。どこかでキーッと物のきしるような音がした。むこうの林の中からのようだ。こんな寒夜《かんや》にも夜鳥《よどり》が鳴くのであろうか。

彼は気をとりなおして、自動車に戻った。鍵を出して、後部トランクの締りをはずした。しかし、その蓋を持ちあげるのに手間がかかった。これから、彼の最もいやなことを、しなければならなかったからだ。

友子の死体は、最初入れたときとは、全くちがった姿勢になっていた。自動車の長時間の震動のためとはわかっていても、この無人の山中では、異様に不気味であった。彼女の恨みの執念が、死体を移動させたのではないかと、ふと疑いの念さえ湧き上がった。

ボンヤリ薄白く見えるものが、すぐ目の前にあった。友子のあおむきの顔だ。闇の中で、その顔だけが、クッキリと、浮き上がるように見分けられた。細かいところまで、ありありと見えた。目が半眼にひらかれ、白眼《しろめ》でじッと伊勢の顔を見つめていた。伊勢の方には、もうほとんど憎悪はなくなっていた。憐れみの情が心を占めていた。友子との結婚生活のそれぞれの時期の断片が、素早く脳中をかすめて行った。

そっと顔に手を当てて、白眼をつぶらせてやった。それから、頬を柔らかくさすってやった。その頬は氷のように冷たかった。指先が唇にふれたとき、ガッと嚙みついてくるような恐怖を感じた。

(この女は永遠におれを憎んでいる。決して許すことはないだろう)

そう考えたとき、彼の心中に、彼女の生前と同じ、名状しがたい憎悪が甦って来た。子供のようにワーッと泣きわめきたい衝動を感じた。そして、彼の手の平は、死人の頬を、ピシリと叩きつけた。ポロポロ涙がこぼれた。憎悪におしふさがれた、奥の方の憐憫《れんびん》が、涙に出口を求めたのかも知れない。どうして泣くのだろうと、不思議に思いながら泣いていた。

　友子のからだを、アパートの階段をおりるときと同じ抱き方で抱き上げた。やっぱり頭と足がブランブランした。辷らないように注意しながら、ゆっくり、ゆっくり歩いた。葬送の儀式のような気がした。今度は一度もつまずかなかった。何か物忘れしたような感じが、後頭部にあった。なんだろうと考えた。ああ、そうだ。どこかから、誰かが見ているという、あの感じだった。その監視者が、暗い空から地上に移っていた。地上のどこかに、もう一つの魂がじッと見ているような気がした。抱いている死体のほかに、何者かが……。

　井戸のそばに、ソッと死体を置いて、懐中電燈をつけた。念のために、井戸の底を照らして見る。画家の死体は消えうせてはいなかった。もとのままの姿だった。それから光を友子の死体に当てた。顔はもう見たくなかった。わざと顔をさけて、ベルトの部分にあてた。そこにハンカチで包んだ短刀が括りつけてあるのを忘れてはいなかった。ハンカチをといて、短刀を井戸に投げこんだ。ハンカチは死体の上衣のポケットに入れた。

　それから懐中電燈を、スカートから足の方に向けて行った。靴下の足先が露出していた。変だな。なんだかおかしな恰好だ。

「アッ、靴だ。靴がない」

思わず声に出た。闇と静寂の中に、突拍子もない声だった。その瞬間、もう一つの別人の靴のことが映画のようにひらめいた。去年ここへドライブしたとき、晴美のハイヒールが、やはりこの辺で、もげたのだ。明るい昼間で、藤瀬岩の緑青色が美しかった。

懐中電燈の光を雪の地面にあてて、その辺を歩きまわり、自動車まで帰った。まっ白な地面だから、一目でわかる。どこにも黒い靴は落ちていなかった。自動車のトランクをひらいて、その中を照らして見た。ここにも靴はなかった。

もう一度、念入りに地面を見ながら、井戸まで帰った。ともかく、死体を処分しなければならない。靴はあとから投げこめばいい。死体を抱きあげて、ソッと井戸の中に落とした。友子は大きな風呂敷包みかなんぞのように、黒い穴の中に消えて行った。そして、もう一度、あのいやな音がきこえて来た。

死体の置いてあった地面を、照らして見た。靴がその下じきになっていたのかも知れないと思ったからだ。しかし、何もなかった。

アパートを出るとき、死体が靴をはいていたことは、まちがいない。彼女は晴美の部屋へ靴ばきのままあがったのだ。浴室に倒れたときにも靴をはいていた。友子のオーバーやハンドバッグで、友子に化けることを、晴美に教えたとき、死体の靴を脱がすのはいやだし、サイズも合わないだろうから、それと似た晴美自身の黒い靴を、はいて行くように云いつけた。だから、友子の死体は靴をはいたままだった。

自動車から井戸まで運ぶあいだに、おとしたとしか考えられない。長い時間の自動車の震動で、死体の位置がかわり、靴もぬげそうになっていたのであろう。それを井戸へ来るまでに振りおとしてしまったのだ。

伊勢はあきらめ悪く、もう一度自動車との間を往復して見た。広い面積を、懐中電燈で照らしながら探した。しかし、やはり何も発見できなかった。ふしぎだった。なくてはならないものが、消えうせてしまったのだ。彼は山の奇態な動物を想像した。黒い猿のようなやつが、靴を拾って逃げて行く姿を想像した。

(友子の靴には、むろんネームなど、ついてはいなかった。同じ外形の同じサイズの靴は、世間にいくらでもある。若しあの靴が、誰かの手にはいったとしても、たいして気にすることはないのだ。死体さえ完全に抹殺してしまえば、一足の靴だけに、何の証拠力があるものか。大丈夫だ、大丈夫だ)

そう自ら慰めては見たものの、やっぱり気懸《きがか》りだった。一本の髪の毛さえも、名探偵の手にかかれば、恐ろしい意味を持ってくる。まして、大きな靴が一足だ。これが破綻《はたん》のいとぐちにならないと、どうして断言できるだろう。

自動車に帰ったとき、もう一度トランクの中を照らして調べたあとで、車体の下に落ちているかもしれないと、車を少し動かして見たが、そこにも何もなかった。

もうあきらめるほかはないと思った。彼は井戸のそばに戻って、その辺の雪にうずもれた藤瀬石の角材を起こし、両手に抱えて、井戸の中に投げ入れた。耳をふさぎたいとおもったが、ふさぎはしなかった。地響きと、そして、もう一つの恐ろしい音が、物のつぶれる音が、きこえて来た。

その辺にはたくさんの角石《かくいし》が置きっぱなしになっていた。次々と雪の中からそれをおこして、投げ入れた。二本、三本、四本、五本、もう大丈夫だろうと、懐中電燈で照らして見ると、井戸の底は角石ばかりで死体はほとんど見えなくなっていた。

大きな石を投げ入れたのは、いうまでもなく、この辺一帯がダムの湖水となっても、井戸から死体が浮き上がらぬためであった。あとは小石を投げこんで、すきまをうずめるだけだ。彼は少しはなれた場所の、地面の雪を靴で蹴って、小石をかきおこし、ハンカチに何杯も運んでは井戸に捨てた。そして、懐中電燈で、二つの死体が完全に覆いつくされたのを確かめると、ホッとして、そのまま自動車に帰った。

これで友子とも永遠におさらばだ。藤瀬部落の石切り場とも永遠におさらばだ。悲しくはなかった。大事業を遂になしとげたという安堵感で一杯だった。恐ろしく疲れていた。喉はもうかわかなかったけれども、腹がへっていた。それよりも酒がほしかった。出発のとき、飲食物を用意するほど、心のゆとりがなかったことを悔《くや》んだ。

これからまた東京まで、あの道を帰るのかと思うと、ウンザリしたが、来るときのような恐怖はなかった。トランクにも座席にも、もう死体ははいっていないのだ。いつ非常検査を受けても、少しも恐れることはない。この夜更けにどこへ行くのかと問われても、その云い抜けはいくらだってある。死体という重荷がなくなったからには、もう少しもビクビクすることはないのだ。

車をスタートしたとき、もう一度古井戸の方を眺めた。一帯に薄墨《うすずみ》を流したような雪明かりだが、ハッキリ見わけられるものは何もなかった。深い霧にとざされているような感じだった。その薄墨色のモヤの中に、何か動いているものがあった。白っぽい、大きな動物らしく思われた。

ハッとして、車をとめ、その方を見つめたが、もう何も見えなかった。今のは、なんだか大きな白犬のように感じられた。さっきの奇妙な不安が甦って来た。この藤瀬部落の無人境に、目に見えぬ何者かが、彼の行動を見守っていたという、あの不安が甦って来た。

（幻覚だ。犯罪者の恐怖心が生み出す幻覚にすぎない。なにをビクビクしているのだ。死体は完全にこの世から消滅してしまったじゃないか。あと四日たてば、ここは大きな湖水になる。その湖水の底の、そのまた古井戸の底の、大石《おおいし》小石《こいし》の下にうずまっているのだ。なんという安全な隠し場所だろう。どんな動物だって、神様だって、もうあれを掘りおこすことは出来はしない。安心しろ。これですっかりかたづいたのだ。なんの不安も残っているはずがないのだ）

彼は再び車をスタートした。もう振り返らなかった。ヘッドライトは消したまま、車は部落から本街道に出るあの坂道を、あえぎながら、のぼって行った。

7　南探偵事務所

空も海も波止場も、陰鬱《いんうつ》な灰色にとざされていた。桟橋《さんばし》には黒い影のような多勢の人が立っていた。彼女はそのうしろから船を見ていた。五百トンほどの、まっ白に塗った美しい遊覧船だった。船尾の甲板から、船客たちが、手すりにもたれて桟橋を見おろしていた。

その船客の中に、異様に目立つ陰鬱な男の姿があった。兄の相馬良介だった。失踪《しっそう》したときと同じ荒い格子縞の半外套を着て、ボンヤリ突っ立っていた。彼女の存在には少しも気づかぬ様子で、じっと空間に目を据えていた。

行方不明の兄さんが、こんなところにいたのかと思うと、彼女は飛び立つ思いで、声をかけようとした。「にいさあん」と叫ぼうとした。しかし、なぜか、どうしても声が出なかった。

ボーッと汽笛が鳴って、船はゆるやかに動き出した。船尾の甲板が、目に見えぬほどゆっくりと遠ざかって行く。

彼女は喉をふりしぼった。胸を一杯にふくらまして、死にものぐるいに叫ぼうとした。しかし、いくら口を動かしても、声にならなかった。

良介はまるで銅像のように、身動きもしないで立っていた。目もそっぽを向いたまま動かなかった。彼女は駈け出そうとした。船が桟橋をはなれないうちに、船尾の下まで行って、兄を呼ぼうとした。しかし、いくら足を動かしても、少しも前に進まなかった。黒い影のような見送り人たちは、彼女がそんなに苦しんでいるのに、見向いてもくれなかった。

「はやく兄さんを呼びとめてえ！　船をとめてえ！」

その言葉の半分ぐらいから、やっと声が出た。声が出たかと思うと、ハッと目が覚めていた。

そこは西銀座《にしぎんざ》の洋装店カズミ・マリーの店であった。相馬芳江はこの店のデザイナーとして、もう二年以上も勤めていた。社長の香住万里子《かずみまりこ》は、服飾界に名を知られた女丈夫だったが、芳江の美貌と優秀な技量を買って、彼女を三人のデザイナーの首位に置いていた。

そこは店の間とは区切りのあるデザイン室だった。芳江はひとりぼっちで、そこの大デスクにもたれていた。ほかのデザイナーたちは、仮縫い室にはいっていたり、店に出ていたりして、部屋には誰もいなかった。そとは雨だった。五月はじめ、まだ梅雨には早いのだが、気象の変調で、毎日のように霖雨《りんう》が降りつづいていた。客もまばらだったし、陰鬱な天候のせいで、彼女はついうたた寝をしていたのだ。

いやな夢だった。この頃は、いつもきまったようにあの夢を見る。兄の良介が行方不明になってから、もう二た月《ふつき》以上になる。良介は一と月以上も、無断で放浪旅行をすることがあるけれど、たまには、旅先からハガキをよこすのに、今度はそういうハガキが一度も来ていないのだ。親戚や友人は残りなく聞き合わせた。知っている旅先の旅館へも問い合わせた。高い広告料を奮発して、写真入りの尋ね人広告まで出したが、何の反響もなかった。

手段につきて、ついに警察に願い出る決心をした。真下幸彦と相談して、警視庁少年課の家出人係りをたずね、良介の捜索願を出した。それからもう一と月になるが、この方からも何の音沙汰もなかった。

夢の中で、兄はいつもそっぽを向いている。なにか妹の顔を見るのを恐れでもするように、そっぽを向いている。物淋しい不吉な姿だ。ひょっとしたら、兄はどこかで死んでしまったのではないだろうか。それを思うと、いても立ってもいられなかった。

（そうだわ。もうあとには、私立探偵が残っているだけだわ）

芳江は前々から私立探偵のことは考えていた。

彼女は一と月ほど前、兄と共同生活をしていた千早町《ちはやちょう》のアトリエを引きはらって、真下幸彦のアパートに移っていた。幸彦との結婚は兄も許していたのだし（芳江は良介がバー「桃色」で、幸彦に承諾を取り消したことは知らなかった。幸彦がそれを隠していたからだ）、女一人のアトリエ住まいに耐えられなくなって、幸彦と同棲することにした。結婚式はまだ挙げないけれども、いわば新婚生活にはいったわけである。

ある日、二人のあいだに私立探偵に依頼する話が出たことがあった。

「そういえば、銀座の喫茶店『ブルー』の向こう側に南探偵事務所という看板が出ていたね」

幸彦がすぐそれを思い出した。あれはもう半年も前になる。二人が「ブルー」の二階で出会い、帝劇のシネラマを見た日だった。兄の良介の誕生祝いに、銀のシガレット・ケースを買ったのも、同じ日だった。芳江は南探偵事務所の看板は忘れていたけれど、私立探偵南重吉《みなみじゅうきち》の名は、新聞広告で知っていた。

「だが、それにも及ばないだろう。警視庁にちゃんと届けてあるんだから、それ以上の手段はないよ。全国に大きな組織網を持っている警察にも分からないことが、私立探偵なんかの貧弱な力で、どうなるものでもない。まあもう少し待って見るんだね」

幸彦は良介のこととなると、どこかしら冷淡だった。幸彦は申し分のない愛人であり夫であったけれど、芳江には、その点だけが不満だった。

兄の良介が行方不明になった夜ふけ、幸彦が千早町のアトリエへ駈けこんで来たときのことを思い出す。雪が降っていた。幸彦のオーバーは雪でまっ白になっていた。あの夜、幸彦は新宿の「桃色」とかいうバーで、兄と議論をして、酒癖のわるい兄に殴られて、唇から血を出していた。その喧嘩のすぐあとで、兄は一人でバーを飛び出して、どこかへ行ってしまったというのだ。そして、それっきり、今日まで行方不明がつづいている。

幸彦はそのとき、あとからバーを出て、寒い町をうろつきまわって、兄の行方を探したけれど、とうとう見つけることが出来ないで、もうアトリエに帰っているのではないかと、芳江のところへやって来た。だが、そのとき芳江は一人ぼっちで留守番をしていたのだ。

外は雪だし、夜は更けたし、いつまで待っても兄が帰らないので、幸彦はアトリエに泊まってしまった。二人が一晩同じ部屋にいたのは、あのときが初めてだった。芳江にはその夜の甘い回想があった。

喧嘩別れをしたまま、良介が行方不明になったのだから、幸彦はその責任を感じていないではなかった。だから尋ね人の新聞広告は、文案から申し込みから一手に引き受けてやってくれたし、警視庁へも一緒に行ってくれたのだが、それは表面のことで、心の奥では決して兄を好いてはいなかった。愛人の兄だからというので、仕方なくつき合っている気持が、芳江にはよくわかっていた。

二人はまるで性格が違っていた。純粋で、天才肌で、短気で怒りっぽい兄。才人で、人ざわりがよくて、現代青年の幸彦。お互いに嫉視《しっし》反目《はんもく》するのが当然であった。その上、良介は妹の芳江に対して異常なほどの愛情を持っていた。相手が何者にもせよ、妹を手離すことが惜しくてたまらないように見えた。それも兄が幸彦に反感を持つ一つの理由だった。芳江はそういう心理をも、よく知っていた。ただ、芳江が少しも知らない事が二つだけあった。一つはバー「桃色」で、兄の良介が幸彦に向かって、「妹を君にやることは止した」と宣告したこと、もう一つは、それから殴り合いになって、幸彦につき倒され、陶器の洗面台で頭を打って、一時人事不省《じんじふせい》に陥ったこと。一つは酒の上で、議論の腹立ちまぎれに口走ったことだし、もう一つの方も、殴ってくる良介を避けようとしたはずみの出来事で、幸彦に悪意があったわけではないのだが、しかし、幸彦は良介の妹である愛人に、それをうちあけることを躊躇《ちゅうちょ》した。一度云いそびれると、改まって話しにくくなり、ついそのままになってしまったのだ。

芳江はこの二つのことは、少しも知らなかった。想像さえしていなかった。だが、恋人のあいだに、爪の先ほどでも秘密があれば、それとなく神経に感じるものだ。彼女の幸彦の態度についての幽かな不満の中には、そういう隠微《いんび》の感応も混《まじ》っていなかったとは云えない。

幸彦が私立探偵に依頼することには反対だったので、芳江も二度とそれを口にしなかったが、心の中では絶えず考えていた。そして、あのいやな夢を見たのが、きっかけになって、又それを思い出し、いっそ幸彦には何も云わないで、今日にも南探偵事務所を訪ねて見ようという気になったのだった。

月給日からまだ間もなかったので、彼女の札入れには、たっぷりお小遣いがはいっていた。私立探偵に前払いを要求されても、多分大丈夫だと思った。そう決心すると、店の退《ひ》ける時間が待ち遠しかった。

その夕方の六時ごろ、芳江は銀座裏の南探偵事務所の入口に立っていた。洋菓子店露月堂の二階三階が貸し事務所になっていて、南探偵事務所はその三階にあった。露月堂の横手の狭い入口から、木造の汚ない階段を三階までのぼると、ガラスのドアに、「南探偵事務所」「南重吉」という、色あせた金文字が見えた。

芳江はそのドアをノックしたが、ひっそりとしていて返事もない。ノッブを廻すと、鍵もかかってないので、ソッと中へはいって行った。大きなガラスの衝立《ついたて》で、部屋が二つに仕切ってあって、その手前に受附らしいデスクや、客用の丸テーブル、椅子などが並んでいるのだが、受附の係りは不在と見えて、ガランとしている。しかし、衝立の奥には、人のいるらしい気配が感じられたので、ソッとのぞいて見ると、向こうの窓際に立っていた背の高い男が、ヒョイとこちらを振り向いた。

芳江はハッとして、思わず声を立てそうになった。兄の良介が、こんなところに隠れていたのかと思ったからだ。だが、一瞬間で、別人であることがわかった。非常によく似た別人だった。顔の輪郭やからだつきはそっくりだが、兄よりもずっと美男子だった。服装なども、遙かに整っていた。

男の方でも、びっくりしたような顔で、しげしげとこちらを見ていた。その目つきに、女たらしの甘い色がチラと見えた。芳江は鋭敏に警戒心を起こした。

「失礼しました。南さんの探偵事務所はこちらでしょうか」

相手の顔をじっと見つめて、訊ねた。男は窓際をはなれて、事務机のあいだを、こちらへ近づいて来た。

「わたしが南です。お初めてのようですが、事件のご依頼ですか」

「ええ、ちょっと……」

「ああ、そうでしたか。わたしが社長の南です。どうかおかけ下さい」

男が衝立のこちらへ出ようとするので、芳江は身を引いて彼を通した。南社長は丸テーブルに向かい合っている椅子の一つを、ガタンと云わせて位置を直し、「さあ、どうか」と、手振りで彼女に勧め、自分も向こう側の椅子にかけ、ニコヤカにこちらを見つめている。

芳江はお辞儀をして、行儀よく椅子にかけ、膝のハンドバッグから小型の名刺を出して、テーブルの上に置いた。

「紹介していただく方もなかったものですから……失礼だと思いましたけど、でも、おさしつかえございませんかしら？」

南は名刺をとりあげて、

「ああ、香住さんの洋装店にお勤めなんですね。香住さんにはお会いしたことありますよ」

「あら、そうでしたの？　でも、今日は全く個人的なことでお願いに上がったのですから、うちの社長にはおっしゃらないでいただきたいのですが……」

「それは大丈夫です。秘密厳守は探偵社の生命ですからね。あなたの秘密は決して誰にも漏らしません。安心してお話し下さい」

南は長い足を、ゆったりと前に組んで、煙草に火をつけた。

「いいえ、秘密というわけではありませんけれど」芳江は慌てて打ち消して「あの、家出人を調べていただきたいのですが」

「ホウ、家出人をね。あなたのお身内の方ででも……？」

「ええ、兄なんですの」

「ああ、それはご心配ですね。一つ詳しく事情をお話し下さいませんか」

南は兄と同年輩の三十五、六才に見えた。目にどこか色っぽいところがあって、警戒心を起こさせるけれど、美男子だし、兄に似ているので、この人と話しているのは、決して不快ではなかった。というよりも、兄に甘えた連想から、この人にも甘えられるような、何か心易い感じであった。

　彼女は千早町のアトリエでの兄と二人の生活のこと、婚約者の真下幸彦と兄とが、バー「桃色」で口論したあとで、兄が行方不明になった顚末《てんまつ》、それ以来二カ月、手をつくして捜索したが、どうしても見つからないことなどを、知っている限り詳しく話して聞かせた。

　芳江の長ばなしのあいだに、どこからか少年給仕が帰って、お茶を運んで来たが、そのとき、南はこの少年のほかに、三人ほど大人の社員がいること、彼らは皆、捜査のために外出していることを、それとなく芳江の耳に入れた。

　彼女の話がおわると、南は少しからだを乗り出すようにして、

「わたしも、もと警視庁に勤めていたことがあるのですが、家出人の捜査などは、なにしろ数が多いので、そんなに細かくやれるもんじゃありません。やっぱり、われわれにお頼みになるのが賢明ですよ。われわれの方では、一つ一つの事件に全力を注ぎますからね……ところで、ビジネスのお話になりますが、わたしの社では、事件のご依頼を受けたときに、契約金というものをいただくことになっているのですが。あな

たの事件では、これが五千円です。それからあとは捜査に使った実費をいただけばよろしい。そして事件が解決したら、つまり兄さんのお行方を、わたしの社の力でつきとめたときは、謝礼金として二万円から五万円の程度で、その時の事情に応じて金額をきめることになっております。そのお含みで……」

　芳江はその位のお金なら、幸彦に相談しなくても、自分の貯金だけで都合がつくと思った。彼女は承知した旨を答えて、契約金の五千円を渡し、南が持って来た調査申込書に署名した。それがすむと、南はいよいよ探偵らしい物腰になって、何かと調査資料について質問した。

「兄さんの相馬良介さんは、最も新しい画風の新進画家でいらっしゃるのですね。わたしは画《え》の方は余り詳しくないので、あなたから伺いたいのですが、どこかの団体に属していらっしゃるのですか」

「いいえ、兄は変わり者で孤立ですわ。美術学校を出たのですが、先生のところへも、意見が合わないと云って、あまり伺いませんし、お友達もごく少ないのです。そのお友達のほうは、皆調べましたが、あの日以後には、誰も兄に会っていらっしゃらないのです」

「それにしても、警視庁へ捜索願を出されたとすれば、新聞記者が気づいているはずですね」

「でも、兄はそんな有名な絵かきじゃありませんわ。時たま新聞の美術欄で批評はされますけれど、社会部の記者に騒がれるほど偉くはないのです」

彼女は兄を偉いと思っていた。良介も唯我独尊《ゆいがどくそん》の自信を持っていた。芳江のさりげない言葉のうちにも、ほのかにその含みがあった。

「今、変わり者だとおっしゃったが、すると、兄さんは、よく芸術家にありがちの、何か奇嬌《ききょう》な性格がおありになったのですか」

「お酒の上がわるいのです。怒りっぽくって、よく喧嘩をするんです。それから、放浪癖がございます。だまってどこかへ旅行をしてしまって、一と月も帰らないこともあります。だから、今度もそれじゃないかと思っていたのですが、どうも、いつもと様子がちがいます。あたし、不吉な予感がして仕方がありませんの。どこかで、喧嘩でもして、殺されてしまったんじゃないかっていうような」

「いや、そこまでお考えにならない方がよろしい。そういうことは、めったに起こらないものです。なんとかして兄さんを探し出そうじゃありませんか。ところで、兄さんは、あなたと二人でアトリエにいらしったというのだから、独身だったわけですね。なにか愛人というような方は、なかったのですか」

「あたしが知っているような方は、ありません。そういうことよりも、お酒の方が好きなのですわ」

芳江は少し顔を赤らめて、ニッと笑って見せた。南も引き入れられるように微笑した。

「ところで、その新宿のバーから姿を消される直前ですね。さっきのお話だと、エーと……」そこで手帳に書きとめてあるのを見ながら「真下幸彦さんでしたね……今、あなたはアトリエではなくて、この真下さんのアパートにいらっしゃるのでしたね」

「ええ、渋谷のアパートです」

南が一種の微笑を浮かべて、じっと見ているのを感じた。今度は赤くはならなかったけれど、嬌羞《きょうしゅう》の表情を圧《おさ》えることは出来なかった。

「その真下さんと、バーで飲んでいて、美術論から、ちょっとした争いになって、兄さんは真下さんの顔を殴って、唇にけがを出させた……そうでしたね」

「ええ」

「そのとき、真下さんの方からは、何もしなかったのでしょうか。真下さんはお酒は……」

「たいして飲めませんの。酔っている兄はまるで猛獣のようですから、幸彦さんなんか、とてもかないっこありませんわ。傷をおさえて、うつむいているうちに、兄はプイと、どこかへ出て行ってしまったというのです」

「それから、真下さんはバーを出て、その辺を探しまわったあとで、夜更けに、あなた一人のアトリエへ来たんですね。殴られた男を、どうしてそんなに探し廻ったのでしょうね」

南は何か意味ありげに云って、人の心の奥底をさぐるような目で——そして、それはやっぱり女たらしの目でもあったのだが——じっと芳江の顔を見た。

云われて見ると、芳江にも、それほど探し廻った意味がわからなかった。この私立探偵は、さすがに鋭い頭だなと感心した。

「兄がひどく酔っていたからだと思いますわ」

さりげなく答えたが、南の目はまだ何事かを追求していた。

「それだけでしょうか?」

彼はポツンとそう云って、しばらくだまっていたが、今度は別の方角から斬り込んで来た。

「探しまわったあとで、あなた一人のアトリエへ行ったのが十一時頃だったのですね。それから、お二人で、兄さんの帰られるのを待ったのでしょうね」

「ええ、寒い雪の晩でしたから、アトリエのストーヴにあたりながら、待ってたのですけれど、兄はとうとう朝まで帰りませんでした」

「すると、真下さんは、アトリエに泊まったわけですか」

南は無遠慮に訊ねた。ここで彼がニヤニヤ笑ったら、芳江は怒ったかもしれないのだが、相手はそういう隙を見せなかった。わざとこわい顔をしているように見えた。芳江はなんだか警察官に取り調べられているような気がした。

「ええ、おそくなって、帰れなくなったものですから……」

「それじゃあ、そのとき、真下さんは、兄さんがバーを出られる前後のことについて、いろいろ話されたでしょうが、その中に、何か捜査の手掛かりになるようなことは、なかったでしょうか？　思い出して下さい。ちょっとしたことでも、非常に参考になる場合があるのです。真下さんが唇を傷つけられて、うつむいているうちに、兄さんが出て行かれた。ただそれだけですか。兄さんが出て行かれるときに、なにか変わったそぶりでも見えたのじゃありませんか。それをバーの女給が、真下さんに告げたので、心配になって、すぐに兄さんを追っかけたとでもいうような、なにか特別の事情があったのではないのですか。真下さんの話の中に、そういうことが出て来なかったのですか」

またしても、話がそこへ戻って来た。南はこの点をあくまで追求しようとしている。さすが専門家の着眼はちがっていた。たのもしいと思った。しかし、芳江はそれを思い出そうとつとめたが、何も出て来なかった。その点だけが、ふしぎな空白になっていた。そこだけポツンと切れているような感じがした。ひょっとしたら、南が疑っているように、幸彦は何か隠しているのではあるまいか。芳江は心の地平線に不気味な一点の黒い雲が現われたような気がした。そのとき、彼女はふと或ることを思い出した。

「ああ、そうでした。こんなことご参考になるかどうかわかりませんけど、兄はいつもベレー帽を冠《かぶ》っていたのですが、それをバーへおいたまま出て行ったのです。幸彦さんはあの晩クシャクシャになった兄のベレー帽を持って来ました。今でもあたしの旅行鞄の中に入れてあります。ですから、兄は無帽で出かけたわけですわ」

南は何か考えていたが、ふと明るい顔になって、

「そのベレー帽を、わたしに貸して下さいませんか。ちょっと考えたことがあるのです。それから、兄さんの写真と、兄さんの書かれた手紙かなんか。筆蹟《ひっせき》を見るためです。エーと、もう一つあります。兄さんが使っておられたスケッチ・ブックを一冊。これだけをあすにもお届け下さい。揃いましょうね」

「ええ、揃いますわ。あす店へ行きがけに、こちらへお届けします」

「むろんおわかりでしょうが、兄さんの写真は、出来るだけ最近のものですよ。なるべくふだんの兄さんに似た写り方のがいい」

「半年ほどまえ、幸彦さんが、兄のアトリエで撮ったのがありますわ。素人写真ですけれど、いちばん兄らしく写っていますから」

芳江は、云おうか云うまいかと、躊躇したが、南の人柄に好意が持てたので、つい云ってしまう気になった。彼女はクスクスと笑って、

「兄はあなたに似てますのよ。ほんとうにそっくりですのよ。さっき、あちらの窓ぎわに立っていらっしゃるのを見たとき、あたし、兄がこんなところに隠れていたのかと、ハッとしたほどですわ。でも、兄はあなたよりも身なりを構わない方ですし、顔も……」

「僕の方が、いくらか好男子ですか。ハハハ……」例の女たらしの目色になって「いや、それは捜査には非常に好都合です。場合によっては、僕は兄さんの従弟《いとこ》だと云って、人に会うかも知れませんよ。兄さんの従弟なら、あなたとも従兄になるわけですね。ハハハ……しかし、これは探偵の方ではよく使う手ですから、気を悪くしないで下さい」

自分のことを「わたし」と云っていたのが、いつの間にか「僕」にかわって来た。その慣れ慣れしさは、やはり芳江の警戒心を刺戟したけれど、必ずしも不快ではなかった。南はそんな口を利きながらも、目にはフェミニストの麗人讃美《れいじんさんび》の色を浮かべていた。彼女に好意を持っていることがよくわかった。芳江は、兄に似た男のそういう態度が、決していやではなかった。

「ああ、それから、兄さんの絵の方の先生やお友達、それにご親戚、一般の知り合い、つまり兄さんの交友名簿にある人たちは、男女にかかわらず、一応住所姓名をお聞きしておきたいのですが、これも一つ名簿を作って、お持ち下さい。そういう人たちは、あなたの方で、とっくに調べておられるだろうが、僕としては、やはり一通り知っていないと具合がわるいのです」

芳江はむろんそれも承知した。南はしばらくだまっていたあとで、ふと気づいたように、

「これは万一の場合のことですよ。そういうことはないとは思うが、念のために調べておくことが一つあります。警視庁の鑑識課に、身許不明変死者写真閲覧所というのがあるのです。西洋のモルグにあたるものですね。あなたはあすこへ行って見ましたか」

「いいえ、そういうものがあることを、知りませんでした」

「では、僕の方で調べておきましょう。兄さんの写真と引き合わせます。あなた自身で行くのは気味が悪いでしょうからね。交通事故で死亡して、身許のわからないものが、随分あるのです。まさか兄さんが、そういうことになったとは思いませんよ。ただ念のためです。そんなに心配することはありません」

芳江が顔色を変えたのを見て、気やすめを云った。

「それについて、やはり兄さんが家を出られたときの服装を、くわしく聞いておきたいのです」

芳江が思い出しながら、それに答えると、南は手帳に詳しく書き入れていた。

それからしばらく、こまごました問答がつづけられたが、それも終わって、では、あすの朝、必ずさっきお話しの品々をお届けしますからと、芳江が辞去しようとすると、南もドアのそばまで見送りながら、何かふと思い出したように、芳江に顔を近づけて、妙なことを云った。向かい合って立っていたので、彼の顔が、眼前一尺の近さに迫った。色白の顔が汗ばんで、あぶらぎっていた。彼女の顔を見つめている目のすみに、赤い血管が這っていた。

「あなた、あれを知っていますか。多分知らないでいるのでしょう？」

「えッ、なにをですの？」

芳江は少し気味がわるくなって、固い表情で聞き返した。

「あなたが、何者かに尾行されていることをです」

「えッ、尾行ですって？　あたしを？……どうして、それをご存知ですの？」

「窓から見ていたのです。さっき、あなたがいらしったとき、僕は窓のそばに立っていたでしょう。じつはあのとき、あなたが向こうの角をまがって、下の入口をおはいりになるのを、見ていたのです。あなたのすぐあとから、一人の男が、三十五、六の背広の男です。それが角をまがって来て、向こう側に立ちどまって、あなたがはいった入口をじっと見ていました。それから、二階と三階の窓を、ジロジロ見あげていました。あれは女のあとを追う不良やなんかじゃありません。玄人《くろうと》の尾行者です。あなた気づいていないのでしょう？」

「ええ、ちっとも。……まだ表にいるでしょうか」

芳江は尾行者と聞くと、俄かに不安になって来た。

「見てあげましょう」

南はツカツカと窓際まで歩いて行って、こちらのからだを相手に見られないように、用心しながら、しばらく下の通りを覗いていたが、やがて笑い顔になって戻って来た。

「もうだれもいません。いそいでお帰りなさい。大丈夫ですよ」

芳江は別れを告げると、大急ぎで階段を降りた。そとは電飾まばゆい夜になってい
た。一階の入り口を出て、曲がり角まで来たとき、そこに立ちどまって、あたりを見
廻したが、尾行者とおぼしい人物は、どこにも見えなかった。

8　好敵手

（あんなすばらしい女に出会ったのは、実に久しぶりだぞ。知性があって、色っぽい
んだからな。真下幸彦というやつは、仕合わせもんだ。可愛い目をしている。鼻がツ
ンと上を向いているところが、たまらないね。それで上唇が引っぱられて、ああいう
口の恰好になるんだ。おれの一番好きな口だ。腹のところでキューッと細くなって、
お尻が蜂のように恰好よくふくらんでいる。それに、足の線がなんとも云えないよ。
あれほどの足を、おれは見たことがないね。相馬芳江か。いい名だ。おれが家出した
兄にそっくりだというので、ひどく好意を持っている。兄よりも好男子だと云やあ
がった。真下という男に惚れ切っているが、こっちの出方によっちゃあ、脈がないと

はきまらない。一つ大いに働いてやろう。事件そのものは、つまらないし、大して報酬がとれるわけでもないが、若《も》しあの女が手に入れば、実に莫大な報酬だからな。全力をつくして捜索をしてやろう。おれの親切ぶりを存分見せてやろう）

私立探偵社長南重吉は、その晩、床の中で芳江の美しい面影を瞼に描きながら、そう心をきめた。

彼は芳江に「もと警視庁にいたことがある」と云ったが、それはほんとうだった。平《ひら》刑事から叩き上げて、各署を廻り歩き、最後の二年は本庁の捜査一課に属する警部補だった。刑事としての腕は非常に優れていたが、彼には被疑者を苛酷《かこく》に取り扱うくせがあった。拷問《ごうもん》は厳しく禁じられていたにもかかわらず、彼は拷問に近い取り調べをやることが屢々《しばしば》あった。被告が法廷でそれを訴えて、問題になったことも一度や二度ではなかった。はじめのうちは、課長係長などの庇護《ひご》によって、辛うじて処罰をまぬがれていたが、遂に上司も彼をかばい得ないようなことを仕でかした。

ある時彼は、手ごわい不良の被疑者を調べていて、殴る蹴るの暴力をふるい、相手を傷つけてしまった。それを被告の弁護士が大きく取り上げたので、確証もあることだし、もうどうすることも出来ず、漸《ようや》く刑事上の処罰だけは免れて、懲戒免職《ちょうかいめんしょく》となった。彼は生まれながらのサジストだったのである。

一年ほどは、おとなしくどこかに隠れていたが、ほとぼりがさめると、銀座のまん中に事務所をひらいて、私立探偵をはじめた。サジストの常として、他人の秘密をあばくことに、こよなき愉悦《ゆえつ》を覚え、随《したが》ってその才能も優れていたので、事業は順調に発展した。しかし、まともな調査事業だけで満足する彼ではない。警官時代に修得した法律知識を悪用し、法律の隙間を狙って、犯罪とすれすれのあくどい金儲《かねもう》けを、鵜《う》の目鷹《たか》の目で探していた。

(まず手はじめはバー「桃色」だ。そこのマダムや女給の口から、ほんとうのことを聞き出してやろう。芳江の兄の相馬良介が、なぜそこから飛び出して行ったのか。真下幸彦がどうして、あんなに相馬を探しまわったのか。そこに何か秘密がある。その秘密を嗅ぎ出してやろう。そして、もし芳江の愛人の真下に、何か臭いことがあったら、こいつはしめたものだぞ。真下が兄をどうかしたということになれば、芳江はこっちのもんだからな)

　南重吉はその翌朝、芳江からベレー帽やスケッチ・ブックその他の参考品を受け取った。バー「桃色」へはそのベレー帽をかぶり、スケッチ・ブックを持って出かけるつもりだったが、夜でなくてはまずいので、その前に警視庁鑑識課の写真閲覧室へ行って見ることにした。

警視庁は昔の古巣だったから、知り合いも多く、まるで自分の勤め先へでもはいるような気易さで、正面の大階段をのぼった。中央ホールから右の廊下に曲がると、刑事部屋のドアがズラッと並んでいる。そこを通り抜けた突き当たりに、鑑識課の身許不明変死者写真閲覧室がある。

彼はその部室にはいって、見知りごしの係り官に、ちょっと声をかけておいて、すぐ棚の引き出しをあけて、カードを繰りはじめた。図番館のカード室のように、その棚にはたくさんの引き出しがついていて、変死体の写真を貼りつけたカードが収めてある。けさ芳江から受け取った相馬良介の写真と見比べながら、そのカードを一枚一枚丹念に調べて行った。三十分もかかって、残りなく調べたが、相馬らしい変死体は一つもなかった。これで捜査範囲が一点だけせばめられたわけである。

閲覧室を出て、刑事部屋の並んだ廊下を歩いていると、一つのドアがひらいて、四十余りの立派な紳士が出て来た。出会いがしらに、南の顔を見ると、その紳士はハッとしたように立ちどまり、今にも言葉をかけそうな様子を示したが、そのまま何も云わないで、じっとこちらの顔を見つめていた。南は不審に思って、こちらも先方の顔を見つめたが、全く見知らぬ人であった。紳士は南が変な顔で見返しているので、照れたような表情になって、クルッと向きをかえると、急いで入口のホールの方へ立ち去っていった。

(妙な男だな。いったい誰の部屋から出て行ったのだろう)

そのドアの上を見ると、「花田《はなだ》警部」という名札が懸かっていた。花田ならば昔の同僚で心易いあいだがらだった。ちょっとはいって、話して行こうと思った。

「やあ、南君か、しばらくだったね」

花田警部はデスクから立ち上がって、ニコニコしながら近づいて来た。

「ちょっと、変死者閲覧室に用事があって、この前を通ったものだから」

「まあ掛けたまえ。その後、仕事の方は順調に行っているかい」

「ウン、まあまあだね。上司というものがないのだから、呑気は呑気だよ」

二人はデスクをはさんで椅子にかけた。彼らは同じ時期に本庁勤務を命じられた、謂《い》わば同期生の関係だった。花田は南が私立探偵を開業したことも、よく知っていた。

「羨ましいよ。こっちは相変わらず宮仕《みやづか》えだ。捜査に成功したからといって、君のように儲かるわけじゃないからね」

それは口先で、花田は現職に満足しきっているように見えた。南と同年輩の三十五、六才、でっぷり肥った頑丈なからだ、日に焼けた無骨な田舎顔、背広の着こなしも田舎めいている。

「だが、君は捜査活動が飯《めし》よりも好きなんだから、不服を云うことはないよ。大警視庁の捜査網を自由に使って、思う存分の活動が出来るんだもの、家出人の調査なんかで飯を食っている僕などとは、比べものにならないよ」

「そう云えば、そんなものかな。だが、やっぱり君の自由な身の上は羨ましいね」

事実、花田警部は庁内でも名探偵の聞こえが高かった。新聞雑誌などにも、「花田名探偵」と書かれることが屡々《しばしば》あった。彼は文字通り探偵を生き甲斐にしている男だった。

「さっき、ここから出て行った人ね。先方では僕を知ってるらしいんだが、どうも思い出せないんだ。誰なの？」

南はやっとそれを切り出した。

「伊勢商事会社の社長だ。伊勢省吾というんだ。細君が家出をして、捜索願いを出していたんだが、どうやら自殺らしい。熱海の鏡ガ浦から飛びこんだらしい。崖の上に外套やカバンが遺留してあったのを、土地の漁師が猫ばばしていたので発見がおくれた。自殺したのは二月二十六日なんだが、それが最近やっとわかったんだよ。今の社長は、そのことで、確かめにやってきたのさ」

「そうか。それなら、やっぱり僕は知らない人だ」

（だが、その伊勢省吾という社長が、どうして、おれの顔をあんなにジロジロ見たのかな。今にも声をかけそうなそぶりをしたのは、なぜだろう。まてよ。その細君が自殺したのは、二月二十六日だと云ったな。なんだ。一日違いじゃないか。相馬良介が家出したのが二月二十五日だ。偶然の一致だろうか。おかしいぞ）

「その細君というのは幾つ位の人だい？」

「たしか三十六だった」

「美しい人かね」

「写真でしか見ていないが、美しくはないね。男みたいな顔をしている。新興宗教に凝って神がかりになっていたんだそうだ」

（それじゃ、まさか三十五才の相馬良介と恋愛関係があったわけではなかろう。それにしても、あの社長は、おれを誰かと人違いした様子だった。……オヤッ、人違いはこれで二度目だったぞ。芳江がおれを兄の良介とそっくりだと云って、びっくりしていた。すると、あの伊勢省吾という社長も、おれを相馬だと思って、声をかけそうにしたのかも知れない。フフン、なんだか面白くなって来たぞ。あの社長は相馬良介を知っているんだ。今度芳江に会ったら訊ねて見よう。だが、あの驚き方は普通じゃなかった。ギョッとしたような表情だった。何かあるな。こいつは探って見るねうちが

あるぞ)

「花田君、僕も今、家出事件を一つ頼まれているんだよ。その家出の日が、君の事件と偶然一致している。僕の方は二月二十五日の夜から行方不明になっているんだ。一日ちがうだけだよ」

「当てて見ようか。相馬良介の事件だろう」

さすがの南も、この不意討ちにはギョッとした。

「どうして知ってるんだ」

「僕もその事件を担当しているからさ。忙しくて、深くはやれないが、部下を動かして一応は手をつけている。今のところ、僕の方は手掛かり皆無だよ」

南はそれを聞くと、ハッと思い当ることがあった。

(さては、きのう芳江を尾行していた奴は、この男の部下だったな。手掛かりのない事件では、捜索願いを出した本人から調べてかかるのが常道だ。花田はそれをやっているんだな。あぶない、あぶない。今日ここへ来なかったら、知らないでいるところだった。そうすると、芳江が兄の捜索をおれに依頼したことを、花田はとっくに感づいているはずだ。感づいていながら、知らん顔をしていやがる。相変わらず食えない奴だ。こいつが競争相手とあっては、油断は出来ないぞ)

「そうだったか。だが、僕も依頼を受けたからには、調べないわけには行かぬ。僕は僕でやって見るよ。お互いに情報は知らせ合うことにしたいね」

「よかろう。時々連絡してくれたまえ。僕の方では情報の出し惜しみをするようなことはしないよ。ところで、今頃変死者の写真を探しているところを見ると、君は最近依頼を受けたばかりらしいね。あの中には相馬良介らしいのは、一つもないよ。僕もむろん調べたからね」

(ちゃんと知っていやあがる。もうこの辺で引きさがることにしよう。長居をしてはボロが出る。だが、こいつは幾つも事件を持っていて忙しいのだ。この事件一つにかかり切っているおれの速度に、かなうはずはない。よし、全力を尽してやって見よう。花田なら相手にとって不足はない。それに事件そのものが、なんだか面白くなって来た。伊勢社長の細君は、どうして相馬の家出の翌日自殺したか。伊勢はその相馬を知っているらしいが、二人のあいだにはどんな関係があるのか。二つの家出がどこかで結びついているとしたら、この事件は、予想以上の大物になってくるぞ)

そこで、さりげない世間話にお茶をにごして、南は間もなく花田の部屋を辞去した。

その夜八時頃、南探偵は新宿のバー「桃色」に現われた。お手のものの変装で、美術雑誌の記者という風采をととのえ、相馬良介のベレー帽をかむり、同じくスケッチ・ブックを小脇にかかえて、「桃色」のガラス戸をひらいた。

一杯に並んでも五人ぐらいしか掛けられない、狭いスタンドに、雨のせいか、客は一人もいなかった。スタンドの中には、洋酒瓶の棚を背にして、マダムらしい女が、ただ一人で控えていた。

「オヤ、相馬さん、いったいどこへ行ってたのよ。……あらッ、失礼しました。人違いしちゃって。でも、よく似てらっしゃるわ」

南は多少それを予期して、ベレー帽をかぶり、美術家くさい服装をして来たのだが、こうまで利目《ききめ》があろうとは思わなかった。しかし、これで話のきっかけを作る面倒が省けたというものだ。

「相馬良介かい」

「ええ、そうなの。あなた相馬さんと、そっくりだわ」

「そりゃ、従弟《いとこ》だもの」

「まあ、従弟さんでしたの？　あなたも絵の方《ほう》ですの？」

「いや、そうじゃない。美術雑誌の編集をやってるんだがね。まあ、それよりも、早く一本つけなさい。むろん日本のお酒だよ。銘酒があれば銘酒がいいね」

月桂冠があるというので、それをつけさせて、ちろりの熱燗をグビグビやった。マダムにも盃をさした。

(こいつは、なかなか踏めるぞ。顔も可愛いが、第一、肉づきがよろしい。肌もきれいだし、それに、大いにテクニックを心得ていそうだぞ)

そのうちに、マダムは、彼がスタンドの上に放り出しておいた、相馬のスケッチ・ブックに気づいた。

「あら、そのスケッチ・ブック、見覚えがあるわ。相馬さんのじゃない？」

「そうだよ」

それをマダムに手渡した。彼女は頁を一枚一枚繰《く》って、スケッチに見入っている。

(これで充分マダムの信用を博することが出来たぞ。顔が似ている上に、相馬のスケッチ・ブックを持っているんだからな。ボツボツ、その方へ話を持って行くとするか)

「従弟といっても、相馬とは飲み友達なんだよ。あいつ、どっかへ雲隠れしやがって、淋しくって仕様がねえんだ」

「まあ、そうなの？　でも、うちへは一度もいらしったことないわね」

「ウン、おれはもっぱら烏森《からすもり》だからね。だが、相馬に聞いてたんだ。桃色のマダム、桃色のマダムって、うるさくて仕様がなかった。奴《やつ》と出来てたんだろう？」

「まあ、失礼ね。なに云ってるのさ。でも、相馬さん、いなくなっちゃって、実はあたしも心配してるのよ。どこにいるか、あなたもご存じないの？」

「だれも知らない。実の妹が知らないんだからね」

「妹って、芳江さんっていうんでしょう？」

「フン、よく知ってる。そこまで知ってるとこを見ると、君はやっぱり相馬と怪しいな」

「そんなら、そうとしておいてもいいわ。すると、あの人、あたしっていう女房にも知らせないで、雲隠れしちゃったというわけね。フン、馬鹿にしてるわ」

「その実、ねや淋しくって仕様がないんだろう。どうだ、相馬とそっくりのおれが、かわりを勤めようか」

ちろりがもう三本並んでいた。

「あらッ、願ったりかなったりだわ。相馬さんより、あなたの方がハンサムだもの」

「よし、約束したぞ。……だが、それはそうとしておいて、相馬のことだがね。君は全く心当たりがないのかい？　じつは、今晩はそれを聞きに来たんだよ。おれも従弟の失踪についちゃあ、胸をいためている。もう行方不明になってから、二《ふ》た月《つき》だからね」

「そりゃ、あたしだって、おんなじよ。酔っぱらうと、だらしがなくて、喧嘩ばやいけれど、ほんとうにいい人ですもの。ウソや手管《てくだ》がなくって、芸術家で……」

「喧嘩早いと云えば、あの晩も真下君と喧嘩したんだってね。真下君は顔を殴られて、唇が切れたっていうじゃないか」

「ええ、そうなのよ。あたし、どうなることかと思ったわ。それに、相馬さんの方も、気を失うさわぎでしょう」

南はハッとしたが、少しもそれを色に現わさなかった。果たしてそうだ。芳江の知らぬ出来事があったのだ。真下は隠していたのだ。

「そのことも、ちょっと聞いているが、そんなひどい喧嘩だったの？」

「ひどいと云っても、真下さんが悪いんじゃないわ。全く時のはずみよ。相馬さんが殴りかかって行ったので、真下さんが相馬さんの胸を突いたら、あおむけに倒れてしまったのよ。酔ってフラフラしていたからですわ。そして、あの洗面台の角にひどく頭をぶっつけたものだから、気が遠くなってしまって、大騒ぎだったわ」

「なるほど、時のはずみだね。それで？」

「あたしが顔に水をぶっかけたら、やっと正気に返ったの。それっきり喧嘩をする元気もなくなって、このスタンドの上にうつむいて、じっとしていましたが、しばらくすると、プイと立ち上がって、物も云わないで、どっかへ出て行ってしまった。それっきりよ」

「フーン、変だね。頭がどうかしたんじゃないのか」

「あたしも、変だと思ったので、真下さんに追っかけるように頼んだのよ。真下さん、すぐに出て行ったが、見つからなかったらしいのね。あのまま自分のうちを忘れてしまって、とんでもないところへ行ってるんじゃないかしら。アムネジアっていうの？　自分が誰だか忘れてしまう病気があるわね。相馬さん、あれになったんじゃないでしょうか」

（これは重大な聞き込みだぞ。芳江はこの失神一件を知らなかった。それは間違いない。だから、真下幸彦が芳江に隠しているのだ。このマダムも知らないことを、もっと隠しているかも知れない。明日は真下に会って見よう。あいつを叩けば何か出てくるにちがいない）

「フン、アムネジアか。そういうことも、考えられないじゃないね。しかし、写真入りの尋ね人広告も出たんだし、警察にも捜索願が出ているんだから、今まで見つからないというのは、ちょっとおかしいね。警察と云えば、刑事がここへ調べに来なかったかい」

「いいえ、誰も来ないわ」

「刑事と云わないで、客のような顔をして、聞き出しに来ることもあるんだぜ」

「だって、相馬さんの噂《うわさ》をしたのは、あなたがはじめてよ。真下さんは、その後二度ばかり見えたから、いろいろ話したけど」

「誰かにそれを聞かれやしなかった？」

「そばに人がいたら、こんなこと話しゃしないわ」

（おかしいぞ。花田ともあろうものが、この出発点のバーを調べないはずがない。この事件を余り重大視していないので、形式的に部下だけにやらせているのかな。いや、油断はならない。調べに来たけれども、マダムの方で気づかなかったのかも知れぬ。それほど巧みに聞き出して行ったのかも知れぬ。今夜の様子でもわかるが、このマダム、酔っぱらうと、だらしがなくなるからな）

「もう一つ聞くがね、二人の喧嘩のもとは、なんだったの？　画《え》の議論をしたことはわかっているが、そのほかに、なにかなかったのかい？」

「ええ、それはあるのよ。相馬さんの妹の芳江さんと、真下さんと結婚することになっていたでしょう。相馬さんもそれを承諾していたのよ。ところが、相馬さんの本当の気持は、芳江さんを手ばなしたくないのよ。それで、あの晩、酔ったまぎれに、お前に妹をやることは止しにするって、無茶なことを云い出したの。それで、真下さんも本当に怒ったんだわ」

「フーン、そうか、よくあるシスター・コンプレックスというやつだよ。自分ではそれと知らないで、心の奥底で妹を恋人のように愛しているんだ。だから相手が誰であろうと、妹をやりたくないんだよ」

「まあ、いやだ。それ心理学っていうの？」

「深部心理学って云うんだよ。その上、気の合わない真下君だから、余計やりたくない。それが酒に酔うと、表面に出てくるんだ……だがね、マダム、こんなに探しても見つからないところを見ると、相馬君はどこかで死んでいるのかも知れないね」

「まあ、あなたもそう思う？　あたしも、このあいだから、なんだかそんな気がして仕方がないのよ。実は、あたし(注8)八卦見《はっけみ》に見てもらったのよ」

「フーン、よくよく恋しかったんだね。で、八卦見はなんて云った？」

「それが、いやなこと云うのよ。あなたは、この人とは、もう生涯会えないだろうって。死んだのでしょうかって聞くと、それはわからないが、死んだも同然のありさまになっているんですって」

「ご愁傷さま。だから、相馬とそっくりで、一枚上の色男が、こうして慰めに来たというわけさ。え、どうだい。代理は勤まらないかね」

南はそう云って、立ちならんだちろりを倒しながら、手を伸ばして、マダムの手を握った。

「懐しいわ。相馬さんが帰って来たみたいだわ」

マダムは素直に応じて、色っぽい流し目で、南を見返した。二人とも、そういう仕草が恥ずかしくないほど酔っぱらっていた。

9　犯罪交叉点

その翌日の午後、やはり美術雑誌記者の風体をした南探偵が、銀座通りの志摩真珠店の前に立って、ショーウィンドウを覗いていた。

ウィンドウの中には、一人の美術家らしい服装の青年が、バックの飾りつけをやっていた。黒ビロードの垂れ幕に、実物の二倍ほどもある女の顔の写真を、貼りつけていた。肌をあらわにした夜会服の、胸から上を切りとったもので、頸には実物の真珠の頸飾りを幾重にも巻いていた。その女は、よく広告に使われる女優などとは全く違った、新鮮な美人だった。どこからこんな女を探し出して来たのかと驚くほど、美しかった。

青年は背景一杯の黒ビロードの、右から三分の一ほどのところへ、その大写真を貼りつけると、ちょっとからだを引きはなして、と見こう見していたが、ガラスのそとに人の気配を感じたのか、ヒョイとこちらを見た。それは真下幸彦であった。

ショーウィンドウのすぐ前の舗道に、ベレー帽をかぶった南探偵が立っていた。それを見た幸彦の目がカッと大きくなり、非常な驚きの表情を示した。南はそれを予期していた。相馬良介と見誤られることには、もう慣れっこになっていた。彼は幸彦の顔を見て、ニヤニヤと笑って見せた。相手はそのとき、やっと人違いを気づいた様子だった。

南はこの機を逸せず、ガラスのそとから、手招きして見せた。幸彦はけげんな顔をしたが、しきりに手招きしているし、相手が良介とそっくりの男なので、ついそとに出て見る気になった。店の中を廻って、舗道に出ると、南はニコニコしながら話しかけた。

「真下幸彦さんですね。ちょっと相馬良介君のことで、お話ししたいのです。十分か二十分、そこの喫茶店までつき合ってくれませんか」

「あなたはどなたでしょうか」

「南という私立探偵です。芳江さんからお聞き及びでしょう？」

幸彦は芳江からそのことを聞いていた。彼は私立探偵などの力を余り信用していなかったが、話があるというのを断るわけにも行かなかった。

二人は近くの喫茶店の二階に上がって、ボックスに向かい合った。南は一昨日《おととい》の夕方、芳江の来訪を受けたこと、そのために、昨日は警視庁の変死者写真と、新宿のバー「桃色」を調べたことなどを、正直にうちあけた。

「その晩、あなたが相馬さんのあとを追って、バーを出られたのは何時頃だったでしょうか」

「さあ、はっきりはわかりませんが、まだ十時にはなっていなかったと思います」

「それから、千早町のアトリエへ行かれた時は？」

「十一時ごろでしょう」

「一時間以上たっているわけですね。千早町へは自動車でしたか？」

「ええ」

「新宿から二十分もあれば行けますね」

「そのくらいでしょう」

「すると、四十分以上、あなたは、あの寒い雪の中を、さまよっていたことになりますね。どうして、そんなに良介君を探さなければならなかったのですか。あなたは殴られて、唇に傷までしていたのじゃありませんか」

「良介君がひどく酔っているので、心配だったからです。酔うと往来にでも寝てしまう男ですからね。それに殴られたと云っても、酒の上のことですから、真底から腹は立てていなかったのです」

幸彦は不安らしい顔で、ともかくも弁解した。

「だめですよ。そんな嘘を云ったって。僕は昨夜《ゆうべ》バー『桃色』を調べたのですよ。マダムにみんな聞いているんです。君は相馬君を突き倒して、失神させたというじゃありませんか。どうしてそれを、芳江さんにまで隠しているんです」

幸彦はサッと青くなって、目をそらし、むやみに煙草をふかした。煙草を持つ手が震えていた。

「良介君は芳江の兄ですから、そのことは聞かせたくなかったのです。それに、僕は少しも悪意はなかった。向こうがかかって来るので、やむをえず突きのけたんです。すると、酔っていたものだから、他愛なくころがってしまって、あんなことになったのです」

南は意地悪く幸彦の目をじっと覗きこんだ。幸彦はそれを見返す勇気がなく、あらぬ方《かた》を見て、唇をふるわせていた。

「ふしぎな理窟ですね。君に悪意が少しもなかったとすれば、なにも隠すことはないじゃありませんか。妹さんには、兄さんが一時失神したというような重大なことは、むしろ知らせるのが当たり前じゃありませんか。それを、ひた隠しにしているのは、何か別の理由があるのだと、疑われても仕方ないですよ」

「えッ、別の理由って？」

幸彦はビクッとしたように、聞き返した。

「僕は何もかも知っている。君はあの晩、相馬良介君に対して、烈しい憎悪を感じていた。本当に殺してしまいたいと思っていた。良介君に、芳江さんと結婚することを許さないと云われたからだ。君は芳江さんは熱愛しているが、兄の良介君とはソリが合わない。ちょうど三角関係の恋仇《こいがたき》のような感情をいだいている」

近くに客はなかったけれど、南はこの辺から、相手に顔をちかづけて、グッと声をおとした。

「その良介君に無茶なことを云われたので、カッと腹を立てた。突き倒したのもそのためだ。あとを追って行ったのも、そのためだ。そうでなければ、あの寒い雪の晩に、殴られた男を、わざわざ追っかけて行く理由がない。君はどこか人通りのない暗い場所で、良介君をやっつけるつもりで、追って行ったのだ。そして、良介君が今になっても現われて来ない以上、君はその目的を果たしたのだと云われても、仕方がないじゃないか」

「そんなばかな。なにを云うんです、失敬な。僕は断じて、そんなことはしていない。良介君が妹をやらないと云ったのは事実です。だから、そのことを芳江に聞かせたくなかったのだ。兄思いの芳江にそれを聞かせたら、結婚を思いとどまるかも知れないからです。ちっとも、おかしな理窟じゃない。僕はそういう理由で、芳江に隠しだてをしたんです。少しもやましいところはありません」

幸彦は声を震わせて、云い切った。

(フーン、嘘を云っているようにも見えないな。こいつがやったのでは、なさそうだ。だが、まだこの男は手放せないぞ)

「よろしい。それでは深くは追及しないことにしましょう。僕の方には確証があるわけじゃないのだから。しかし、君は、君自身でこの疑いをはらす責任がある。それにはどうすればいいかと云うと、僕に一つの案があるのです。君は今晩、僕につきあって下さい。そして、あの晩と同じ時間に、バー『桃色』を出発して、君が歩きまわった町を、二人で歩いて見るのです。そうすれば、君は四十分をどうして使ったかということもわかるし、また、いろいろ細かいことを思い出すにちがいない。精神分析ではなくて行動分析ですよ。このやり方は、探偵技術として、なかなか効果がある。今晩、君にそれをやってもらいたいのです。まさかいやとは云わないでしょうね」

　幸彦はそれを聞くと、ホッと安堵した顔になって、

「やりますよ。妙な疑いを受けているのは、たまりませんからね」

「じゃあ、今夜十時までに、まちがいなく『桃色』へ来て下さい。僕もその頃、あすこへ行ってますから。……それから、序《ついで》だから聞くが、君は何か良介君の捜索について、意見はありませんか。気づいたことは、どんなつまらないようなことでも、聞かせてほしいのだが」

　幸彦はしばらく考えていたが、何か思い出した様子で、

「ああ、そう云えば、今日、志摩真珠店へ妙なことを訊ねて来た女がありました。二十四、五の美しい洋装の女でした。僕がちょうど店に居合わせたので、用件を聞きますと、『お店に相馬という絵描きが勤めていないか』というのです。僕は相馬と聞いてハッとしましたが、なにげなく、名は何というのだと問い返すと、その女は名のほうは知らない様子で、もじもじ口ごもっているのです。どうもおかしいのですね。

それで、僕は思いきって、『相馬良介じゃないか。それなら、わたしの友達だが』と云いますと、『その方《かた》は、志摩真珠店に勤めているのではないのか』と聞き返し、『そうじゃない。あなたの尋ねるのがわたしの友達の相馬良介なら、どこかへ姿を隠してしまって、行方不明になっている』と云ってやりますと、女はびっくりしたような顔で、そそくさと出て行ってしまいました。南さん、あなたはこれを、どうお考えになりますか」

「ほう、そんなことがあったのですか。惜しかったな。僕なら誰かにあとをつけさせるところだった。どんな感じの女です。娘ですか細君ですか」

「奥さんというタイプじゃない。服装もちゃんとしているし、口の利き方もインテリで、高級勤め人という感じですね。しかし非常に美しい女です。いわゆるサラリー・ウーマン・タイプとは、どこかちがってました」

（これは花田警部の手先じゃない。警視庁関係には、そんな美しい女はいないし、花田の手先なら、良介という名を知らないはずはない。また行方不明と聞いてびっくりするのも変だ。すると、おれと花田のほかに、また別に相馬のことを探っているやつがあるんだな。その女自身じゃない。誰かに頼まれて来たのにちがいない。いったい、そいつは何者だろう。面白くなって来たぞ。それに、何だか複雑な犯罪の匂いが

益々濃厚になって来たぞ）

南探偵は小鼻をピクピクさせながら、猟犬のような鋭い目を光らせて、じっと空間を睨《にら》みつけた。

その夜十時、南探偵と真下幸彦は、バー「桃色」で一杯やったあとで、そこの前から出発して、事件の夜、幸彦が歩いた道をたどって行った。

四つ角に来るごとに立ちどまって、当夜の記憶を呼びおこしながら、町から町へと歩き廻った。同じ町を何度も通った。夜更けの町には、パン助どもが、ひっそりと佇んでいた。

「ああ、思い出した。この辺で、パン助に誘われたんですよ。断っても、うるさくついてくる。こっちはそれどころではないので、乱暴に突きとばして逃げたものです。ああ、そうだ。妙なパン助がいた。あれはガード下の十字路の近くだった」

幸彦はそういって、足をはやめた。幾つかの町角をまがって、新宿の大通りに出た。その辺はまだ夜更けの通行者がゾロゾロ歩いていた。自動車の往き来も頻繁だった。向こうの方に、大通りの空を横切るガードが見えて来た。

「この辺です。僕は妙なパン助にぶっつかったのです。今夜はこんなに人通りがあるが、あの晩は寒くて雪が降りはじめていたので、ほとんど人通りがなかった。町もまっ暗でした。この辺を急いで歩いていると、僕は何かに突き当たったのです。すると、僕の前に女の子がころがっていました。パン助です。しかし普通の女じゃない。足が悪くて松葉杖をついているのです。厚化粧をして、まっ赤に口紅を塗って、赤いスェーターを着て、松葉杖をついているのです。僕はあんなパンパンに出会ったのははじめてです。僕は仕方がないので、抱き起こしてやりました。そして、雪の上にころがっている松葉杖を拾って、持たせてやりました。淋しい顔立ちだが、なかなかいい女でした。腰を打ったらしく、すぐには歩けないで、顔をしかめているので、可哀想になって、千円札を一枚握らせてやりました」

「それはいいことを思い出した。その女を探そう。松葉杖のパン助なんて、めったにいないから、訊ねたらすぐわかるだろう。ひょっとしたら、その女が良介君の姿を見ていたかも知れない」

それから二人は、その辺に佇んでいるパン助たちに、聞き廻ったが、よほど有名な女と見えて、すぐにわかった。松葉杖のマリ子と呼ばれていた。今夜もその子は出ていた。いまにきっとこの辺へやってくる。ここから三光町《さんこうちょう》のあたりが彼女の持場だから、その方へ行けば出会うかも知れないということであった。

二人は三光町の方角へ歩いて行った。すると、小暗い町角で、バッタリ松葉杖の女に出会った。よほど赤い色が好きと見えて、季節はちがうけれど、やっぱり、まっ赤なスェーターを着て、その両方のわきの下に、黒塗りの大きな松葉杖の腕が食いこんでいた。一方の足が宙に浮いて、ブランブランしていた。

「ああ、君、マリ子っていうんだろ。ちょっと尋ねたいことがあるんだ」

幸彦はツカツカとその前に近づいて、札入れから千円札を抜きとり、いきなり女の前にさし出した。

女は刑事ではないかと、ちょっと警戒のそぶりを見せたが、千円札を摑まされると、じっと幸彦の顔を透かして見てから、嬉しそうな声を出した。

「あら、あんた、いつかも千円札をくれたわね。雪の晩に、あたしを突きころばしてさ」

よく覚えていた。南はふと思いついて、女の正面に立ち、相手に自分の顔を見せるようにしながら、

「その同じ雪の晩だよ。この僕のような男に出会わなかったかい。帽子はかぶらないで、荒い格子縞の半分の外套を着ていた」

するとたちまち反応があった。

「あらッ、あんただったわ。酔ってたのね。あたしを突きのけようとして、自分でこ

ろんじゃったじゃないの。それから、誰かの自動車の中へ、はいりこんでしまった。あれタクシーじゃなかったわ。自家用車だわ。あれからどうしたのさ、あたし心配してたのよ」

無邪気によく喋る女だった。片輪者だけれども、ひねくれたところのない、善良なパン助だった。仲間うちに人気があるのも、もっともに思われた。

このマリ子の言葉には、非常に重大な意味を含んでいた。あの夜の相馬良介の行動が、ほとんど判明するのではないかと思われ、予期せぬ大収穫に、南は小躍りするばかりであった。

「ねえ、君、あの時の男は、実は僕じゃなかったのだよ。僕の従兄なんだ。その従兄が、あれっきり行方不明になってしまったんだ。それで、僕たちは手がかりを探し廻っているんだよ。君はあの晩、その僕に似た男と、どこで出会ったの？」

「十字路のガード知ってるでしょう。あのガードの一丁ほど手前よ。凍るように寒い晩で、雪が降りはじめていたから、人通りがなくて、アブレてたのよ。だから、あの人、あまりお金持ってそうに見えなかったけど、そばへよって行ったの。なんだか変だったわ。ひどく酔ってるのかと思ったが、酔ってるだけじゃなかった。なんだか病人みたいだったわ。あたしが話しかけても、返事もしないで、突きのけようとしたのよ。その拍子に、自分の方がころんじまったの。しかたがないので、あたし起こしてあげたのよ。それでも、あの人、まだなんにも云わないで、フラフラしながら歩いて行った。

「あたし、なんだか心配だったから、あとをつけて行ったの。あの人の歩き方、ほんとに変だったわ。酔っぱらいともちがう。たしかに病人だったわ。今にも倒れそうになるのよ。それでも、ヨロヨロ歩いて、十字路のガードの下まで行ったわ。すると、その車道のはじに、立派な自家用車がとまってたの。運転手もいない、空っぽの車だったわ。あの人、その自動車のドアのところへ、よろめいていって、どうにかそれをひらいて、中へのめりこんだのよ。そして、中からドアをしめたの。あの人、目がくらんでいて、円タクとまちがえて、自家用車へのったんじゃないかと思うわ。

「そこへ、自家用車の紳士がもどって来て、あの人がうしろの席にはいっているのも知らないで、そのまま運転して行ったのよ」

「自家用車の持主が、自分で運転していたんだね」

「そうよ。あんな立派な運ちゃんってないわ」

「その紳士は、自動車をほうっておいて、どこへ行ってたんだい」

「交番へ呼ばれてたの。あとで聞いたんだけど、その紳士の自動車とトラックが衝突して、トラックの運ちゃんが因縁をつけたもんだから、おまわりが交番へつれて行って、示談にさせたんだって」

「フーン、そうか。それはあの十字路の角の交番かい」

「そうよ」

こんなにすらすらと手掛かりが摑めようとは思わなかった。全く予期せぬ幸福だった。そこで二人は松葉杖のマリ子に別れて、角の交番へ急いだ。

南は交番の巡査に名刺を出して、もと本庁の捜査課にいたものだと名乗り、二月二十五日の夜、自動車事故を取り扱った警官に会いたいと云った。幸運はかさなるものだ。ちょうどその巡査が、今夜も交番に勤務していて、同僚に呼ばれて、奥から顔を出した。そして、手帳をくって、当時のことを思い出してくれたので、その自家用車の番号も、それを運転していた持主の名も、すぐにわかった。巡査の手帳には、持主の名が伊勢省吾と記入してあった。

(伊勢省吾、伊勢省吾、どっかで聞いた名だぞ)

南は目をつむって、頭の中を探し廻った。

(わかった。昨日《きのう》、警視庁の廊下で会った、あの男だ。おれの顔を見てびっくりした男だ。花田警部が彼の名を教えてくれた。伊勢商事会社の社長で、その細君が熱海の鏡ガ浦から投身自殺をしたらしいという、あの男だ。花田は自殺したのは二月二十六日だろうと云った。つまり相馬良介が行方不明になった二十五日の翌日だ。はてな、しかもその相馬は、二十五日の夜更けに、伊勢の自動車の後部席へ、ころがりこんだということが、今わかったのだ。伊勢はそれを知らないで発車したらしい。妙なことになって来たぞ）

南は交番を出ると、ていよく真下幸彦と別れてしまった。そして、独りになって、夜更けの舗道を歩きながら、夢中になって考えた。むつかしい数学の問題が、いま解けようとしているのだ。摑んだいとぐちを見失っては大変だ。あくまで、それをたぐりよせて、真髄に達しなければならぬ。

（警視庁の廊下で、伊勢はおれの顔を見ておどろいた。あれは決して普通の驚きではなかった。多分に恐れの表情がまじっていた。そのわけが今こそわかったぞ。伊勢はおれ自分の自動車に乗った相馬をどうかしたのだ。殺したのかもしれない。だから、おれの顔を見て、死んだはずの相馬が現われたと思って、びっくりしたのだ。これで見ると、相馬はたしかに死んでいる。だが、それと伊勢の細君の自殺と、どういう関係があるのだろう。伊勢の細君はほんとうに自殺したのだろうか。そこに何か秘密があるのじゃないか。それにしても、いったい伊勢は、あの晩、自動車でどこへ行ったのだ。フフン、だんだん捜査の網がせばめられて来たぞ。相馬失踪事件の鍵は伊勢省吾が握っている。そして、それと伊勢の細君の事件とが結びついてくる。いよいよ面白くなって来たわい。伊勢商事と云えば相当な貿易商だ。うまく行けば、たんまりせしめられるぞ）

夜の町をテクテク歩いている南の顔に、薄気味の悪いニタニタ笑いが、大きくひろがって来るのであった。

10　二人の孤独者

伊勢省吾とその愛人沖晴美とは、伊勢夫人友子の遺骸なき告別式を終わるまでの二カ月余りを、云うに云われぬ苦悩のうちにすごした。二人とも、注意深い観察者には、面変《おもが》わりしたように見えるほど痩せていた。彼らは恐ろしい殺人罪の共犯者であった。伊勢はその大がかりな死体隠匿行《いんとくこう》によって、犯罪は絶対に発覚することはないと信じつつも、悪夢にうなされ、全身汗びっしょりになって目の覚めるような夜がつづいた。

その二カ月余りのあいだ、彼らは会社では毎日顔を合わせていたし、晴美のアパートの若葉荘でもしばしば逢っていた。広い世界にたった二人という、犯罪者の孤独感が、彼らを益々強く結びつけ、罪の前とあととでは、彼らの慾情の形式が一変したほど、その病的な親愛感は深くなっていたが、そのことが心にあればあるほど、彼ら自身の罪について語ることが憚《はば》かられ、友子に関連した話題は、二人のあいだの禁句になっていた。

晴美は熱海での友子の身替わりを少しの手抜かりもなく仕おおせた。彼女の場合は、伊勢の死体隠匿行の場合のような思いがけぬ障害もなく、予定通りの行動を、順序よく果たすことが出来た。あの夜、友子になりすまして、おそく熱海に着くと、駅に近い中級の温泉宿「不二屋《ふじや》」に一泊した。宿帳に友子の住所姓名を残すことも忘れなかった。晴美の筆蹟ではまずいので、口実を作って宿帳は番頭に書かせた。翌早朝、宿を出ると、鏡ガ浦の断崖の上の林の中に、友子の外套とカバンとハンドバッグを残して、顔の化粧を直し、風呂敷に包んで持っていた自分の外套を着、自分のハンドバッグを持ち、元の晴美にかえって、東京への汽車に乗った。

それから十日ほどおいて、伊勢はわざわざ警視庁に出頭して、まことしやかに友子の失踪を訴え、友子の服装や持物を詳しく届けた。そして、「友子は静岡の日輪教支部へ行くと、その帰りに熱海や伊東などの温泉に立ち寄ることもある」とつけ加えることを忘れなかった。

警視庁からその通報を受けた熱海警察署では、すぐに市内温泉旅館の宿泊人名簿を調べさせた。すると、不二屋に伊勢友子が一泊していることがわかった。服装や持ちものも届け出と一致していた。

しかし、晴美が鏡ガ浦の断崖上に残して来た友子の外套やカバンは、約二カ月のあいだ発見されなかった。それは、附近の漁師で、呑んだくれの小犯罪常習者が、晴美が立ち去った直後、遺留品を見つけて、猫ばばをきめてしまったからであった。無智な漁師で、深い考えがあったわけではないが、さすがに一カ月余りは、それらの品を処分しないで我慢していた。そのうちに、金の必要にも迫られたし、もうほとぼりがさめた頃と、知り合いの熱海の古物商に売ったものだから、忽《たちま》ち足がつき、漁師は熱海署に引っぱられて、それらの品を鏡ガ浦の断崖の上で拾ったことを白状した。

この遺留品が東京の警視庁に届き、係りの花田警部が伊勢省吾に来庁を求めて、友子の持ちものに相違ないことを確かめたのが五月九日のことであった。私立探偵南重吉が、花田警部の部屋の前で、伊勢とすれちがったあの日である。

警視庁から、遺留品は伊勢友子のものに相違ないという通知を受けとった熱海署では、早速、鏡ガ浦の海底捜索を行ったが、むろん死体が上がるはずはない。しかし、二カ月という時の経過が、都合よく事態を曖昧にしてくれた。その附近には早い潮流もあることだから、死体は沖の方へ流されてしまったという解釈も成りたつわけで、熱海署は、前後の情況から、友子は投身自殺をしたものと判定した。

五月十二日、その判定が警視庁に伝えられると、花田警部は同夜、伊勢の都合を聞き合わせた上、目白の伊勢の宅を訪問して、海底捜索が無駄に終わったことを知らせ、投身自殺と判定されたことを告げた。だが、警部がわざわざ出向いて来た用件は、それだけではなかった。投身自殺とすれば、その動機を一応確かめておかなければならない。それを良人《おっと》の伊勢の口から聞くためであった。

ここに一つの危機があった。しかし、あらゆる場合を考慮していた伊勢は、あらかじめこの事あるを予期し、その応答を考えておいたので、その場になって、うろたえることはなかった。彼は利口な犯罪者がよく用いる正直戦法をとることにきめていた。危険のない限界をよく考えて、あくまで正直に、無邪気に、相手をびっくりさせるような恥ずかしいことまでも、洗いざらい喋ってしまうという捨て身の戦法である。

だから、彼は花田警部から、友子自殺の動機を聞かれたとき、「自分の愛人晴美への嫉妬」ということを、ズバリと云ってのけた。これは一見危険なようでいて、最も安全な戦法であった。隠しておく方が、どれほど危険かわからなかった。彼らの夫婦喧嘩は、絶えず女中達に聞かれている。花田警部が女中たちを調べれば、すぐわかってしまうことだ。女中たちのうちでも、友子の遠縁に当たる和子《かずこ》というのが最も危険だった。彼女は友子の腹心として、伊勢に強い敵意を抱いていた。警部に聞かれたら、どんなに尾鰭《おひれ》をつけて喋り立てるか知れたものではない。それをこちらから先に話しておけば、免疫の予防注射と同じ働きをするわけだ。

それだけではない。伊勢は友子の葬儀をすませたら、大っぴらに晴美と同棲し、結婚さえするつもりだったから、いずれ晴美との関係は世間に知れ渡るのだ。そのときになって、警察に「さては」という疑いを抱かせるより、前もって、こちらから披露しておく方が、遙かに安全なことは、わかりきった話だ。

そのために、伊勢は間接に夫人を殺したという非難を受けるであろうが、そのくらいの犠牲は覚悟しなければならぬ。真実の殺人罪に問われることを避けるためには、この悪名《あくみょう》は止むを得ないのだ。

しかし、彼はそれを柔らげる調味料として、友子の日輪教狂信の事実を詳しく警部に話して聞かせることを忘れなかった。友子は偏執狂的な異常者であり、普通なればそこまで行かないですむところを、自殺という極端な道を選ぶに至ったのだと、警部が納得するように話して聞かせた。

「むろん、わたしが悪かったのです。ほかの女を愛したことは、今となっては、あれにすまないと思っています。しかし、まさかこんなことをしようとは、想像もしませんでした。じつに申し訳ないことです」

と、しおれて見せることも忘れなかった。花田警部は、伊勢の話を、いちいちもっともだというように、肯《うなず》いていたが、動機の説明が終わると、丁寧に悔みを述べて帰って行った。伊勢は、これで凡《すべ》てが終わったのだと、安堵の胸をなでおろした。あとは友子の葬儀が残っているばかりだ。それをすませてから、いやな記憶の残っている目白の屋敷を手離して、鎌倉《かまくら》あたりに新居を構え、晴美と二人の新生活をはじめるのだ。人生の再出発をするのだ。

遺骸が発見されないのだから、法律上はまだ死亡と決定することは出来ないのだけれど、やはり葬式のような事をしなければ気がすまなかった。それに、友子の狂信していた日輪教団の人達が多勢やって来て、友子さんはお宗旨の大功労者だから、是非告別の儀式を取り行いたい。故人は、自分が死んだら必ず教葬にしてくれと、口癖のように云っていたと、やかましく主張するものだから、伊勢は一切を教団に任せてしまった。そういうわけで、友子の遺骸なき仮葬儀は、五月十八日、麻布六本木《あざぶろっぽんぎ》の教団本部で、賑やかに執行された。

仮葬儀の当日は、教会の日之命の祭壇の前で、不思議な太鼓の囃《はや》しに合わせて、神がかりの踊りがはじまるという騒ぎであった。仮葬儀のあとの告別式も、同じ教団本部で行われたが、伊勢夫妻の多くの知人にまじって、警視庁の花田警部が神妙に焼香《しょうこう》している姿も見えた。愛人の晴美は、告別式には遠慮して顔出しをしなかった。

仮葬儀の翌々日、伊勢は丸ノ内の伊勢商事の社長室の大机にもたれて、客の絶え間を、またいつもの物思いにふけっていた。同室の秘書の晴美は、社用で外出していた。

これで友子に関する限り凡てが終わったのだ。犯罪は遂に発覚しないですんだ。伊勢はすっかり重荷をおろして、心が伸び伸びするはずであった。事実、モヤモヤしていたむら雲は、ほとんど晴れわたったように見えた。しかし、なにか残っていた。罪の意識ではない。もっと実際的な何かが、心の隅に残っていた。それは青空の遙か彼方の地平線に、ポッツリ浮かんでいる一点の黒雲のようなものであった。

(はてな、あれは何だったっけ?)

知っていながら、彼の身勝手な心が、それを意識下におしこめていたので、なかなか思い出せなかった。

(ああ、そうだ。あいつだ!)

それを思い出すと、いつも彼は、まるで幽霊にでも出会ったように、ギョッとするのだった。

いつか警視庁の花田警部の部屋の前で見た、相馬良介とソックリの男が気がかりなのだ。

友子の死体を運ぶ自動車の客席に、いつのまにかはいりこんでいた画家らしい男の死体。その男の名は、ワイシャツに縫いつけてある洗濯屋の目印で、「ソーマ」とわかったし、死体のポケットに志摩真珠店のリーフレットがあったので、晴美をその店へ調べにやったことがある。そして、「ソーマ」は相馬良介という画家であることがわかった。彼は志摩真珠店に勤めてはいなかったが、そこに居合わせた男が、相馬の友達だと云って、名を教えてくれたのだ。友達は相馬が行方不明になっていることを知っていた。

その相馬とソックリの男が、警視庁の廊下に現われたのだ。まさか相馬が生きかえるはずはない。藤瀬ダムはもう湖水になっている。相馬の死体は、その湖水の底の古井戸の中に、重い石におさえつけられて、永遠に眠っている。そいつが今ごろ、ノコノコ警視庁の廊下などへ出てくる道理がない。

(あれは、ひょっとしたら相馬の双生児かもしれない。それとも兄弟かな。いずれにしても、他人の空似にしては似すぎている。身よりのものにちがいない。それが警視庁へ来ていたというのは、いったい、どういう意味だろう。きまっているじゃないか。相馬の捜索を願いに来ていたんだ。或いは既に願ってある捜索の経過を聞きに来ていたのだ)

これは今更気づいたことではない。何度もくり返し考えたことだ。花田警部に聞けば、あれが何者だかわかるだろう。しかし、そんな危険なことが聞けるものではない。

(警視庁では相馬良介の行方を捜索しているのかも知れない。サア、そこで、若《も》しそうだとすれば、いったいどうなるのだ。危険じゃないかな？　あの男がどうして自動車にはいって来たか、死因が何であるか、少しもわからないが、その裏には恐らく犯罪がある。警察の力で、そっちの方の犯罪がばれて来たとしたらどうだ。自動車に積みこんだところまでは調べがつくにちがいない。そうすれば、あの自動車の主がおれだということは、すぐわかる。交通事故でガード下の十字路の交番に呼ばれたんだからな。そして、免許証の名前を警察手帳に写し取られたんだからな)

(だが、それから先は、おれと晴美さえ口を割らなければ、絶対にわかるはずはない。青梅街道の方へ走って行ったというところまでは、わかるだろう。しかし、それからあとは、もう大丈夫だ。藤瀬ダムの底に気づかれる心配は先《ま》ず無いと考えていいだろう。しかし警察の方では、そこまでわかれば、おれに詰問して泥を吐かせようとするかも知れない。その詰問に耐えられるか。いや、どんなことがあっても耐えなければならぬ。なにかうまい口実を拵《こしら》えておけばいいのだ。何の証拠もないのだから、少しも恐れるには及ばない）

（しかし、まてよ。おれは余りに先ばしった取りこし苦労をしすぎているのじゃないか。若し相馬の事件が割れてくれれば、花田警部がおれに何か尋ねないはずはない。彼にそういうそぶりが少しも見えぬのだから、あの事件はまだ割れていないのだ。いや、捜査に着手さえしていないのかも知れぬ。取りこし苦労だ、取りこし苦労だ）

伊勢は、この点については、それ以上心を労しないことにきめた。しかし、地平線の黒雲は一つだけではなかった。

（女中の和子には、すぐにも暇を出さなければいけない。ほかの女中たちはそうでもないが、和子だけは、友子の身内だし、友子の真の味方だった。何かにつけておれに敵意を持っている。最近にも、いろいろ妙なことがあった。和子は友子の身のまわりの世話をしていたのだから、友子のタンスや長持《ながもち》をあけるのは少しもかまわない。だが、あいつはまるでスパイのように、こっそりと人目を忍んで、友子の持ち物を調べている。おれは偶然それを見つけたことがある。すると、あいつはひどく狼狽した。たしかに、何かスパイめいたことをやっていたのだ）

（いつかはまた、勝手口で、誰かとボソボソ囁き合っていた。偶然それが耳にはいったので、今のは誰だと尋ねると、ガス会社からメートルを調べに来たのだと答えたが、そのときも狼狽の色を隠すことが出来なかった。嘘にきまっている。どうも気味のわるいやつだ。そうだ、すぐに解雇《かいこ》することにしよう）

伊勢は、それもよしと思った。これでもう何もないと思った。しかし、ふしぎなことに、心の底に、なんだかまだスッキリしないものがあった。

（なんだろう。どうしても思い出せない。気の迷いじゃないかな。いや、そうは云い切れないぞ。何かある。このあいだから、それを感じているのだが、いくら考えても思い出せない）

それは意識下に沈潜《ちんせん》しているボヤーッとした白いものであった。白い幽霊であった。大抵のことは、考えているうちに、水面に浮かび上がるように、形をととのえて来るのだが、その白い幽霊だけは、いつまでもボヤーッとしたままだった。

彼は椅子から立ち上がって、狭い社長室の中を、行ったり来たりしはじめた。歩きながら、しきりに煙草をふかしつづけた。

そのとき、ノックの音がしてドアがひらき、外出していた晴美が帰って来た。

彼女は、動物園の熊のように歩き廻っている社長を見ても、何も云わなかった。彼の苦悩はわかりすぎるほど、わかっていたからだ。何も云わないで、社長の大机の横手の自分の机の前に腰かけた。

「五時だね」

伊勢は腕時計を見て、そっぽを向いたまま、独りごとのように云った。

「帰ろう。構わないから、僕の車にのりたまえ。食事に行こう。少し話もある」

それから、二人は例のキャディラックに同乗し、伊勢自身が運転して、西銀座のフランス料理「鳳来《ほうらい》」へ行った。そして、そこの小じんまりした別室で、さし向かいの食事をとった。

お互いに、いやな記憶には触れないことにしていたが、必要な打ち合わせまで禁句にするわけには行かなかった。

「葬式で二日ばかり逢わなかったが、別に変わったことはないだろうね。誰かに監視されているとか、スパイされているとかいうことは、ないだろうね」

伊勢は二人きりになると、必ずそれを尋ねた。確証というものは何もないのだから、若し破綻が来るとすれば、その方面からのほかにはないからであった。

「大丈夫、そういう感じは少しもありませんわ。で、お葬式はどうでしたの？」

伊勢は顔をしかめながら、日輪教の教葬というものの不快な騒がしさについて語った。そして、花田警部が、しおらしい顔で、焼香に来ていたことを、つけ加えた。

「まあ、あの人が？　何かさぐりに来たんでしょうか」

「そうかも知れない。どうもあの男は油断が出来ないよ。君も充分注意してなけりゃいけない。いつも云う通り、たった一つ気にかかるのは、警視庁の廊下で会った相馬とソックリの男のことだ。という意味は、警察は相馬の事件を調べているかも知れないということだ。そして、相馬の死体が僕の自動車に入れられたところまで探り出された時が怖いのだ。そうすれば、きっとわれわれが取り調べを受ける。ごく近いうちにそういうことが起るかも知れない。ずっと先のことかもしれない。或いは全くそういうことが起こらないですむかも知れない。しかし、僕らは万一の場合に備えて口裏を合わせておく必要がある。

「あの晩は若葉荘の君の部屋に泊まったと云うつもりだ。二人の関係は正直に花田に話してある。それはいつかも云った通りだ。だから、いつも僕が泊まるときのことを思い出して、答えればいいんだ。スキヤキをたべたことなんかも正直に云うんだ。警察が肉屋の小僧を調べればすぐわかることだからね。そして僕は朝帰ったことにするんだ。

「しかし、これには一つだけ矛盾する点がある。わかるだろう。あの晩、僕は新宿のガード下の十字路の交番で、住所姓名や自動車の番号まで、警察手帳に控えられている。あれは、いずれはわかることだ。だから、こちらから先廻りをして、正直に云っておく方がいい。つまり、こういうことにするんだ。僕は九時半ごろ、一度うちへ帰るつもりで、自動車で出た。目白へ帰るのだから新宿はむろん通り道だ。そこで交通事故があって、交番で争いをするようなことになり、クサクサして、また気が変わってしまった。女房のいないうちへ帰ったって仕方がないと思い直して、もう一度若葉荘へ引っ返し、朝まで泊まったということにするんだ。若葉荘へ着いたのは十時少し過ぎとしておけばいい。

「だが、交番から出たあとで、僕の車が青梅街道の方へ行ったことを見ていたやつがないとも限らない。そこを突かれたら、事故のあとで、イライラしていたので、うっかり方角を間違えたと云うつもりだ。気がついて、すぐ引っかえしたことにするんだ。これは君には関係のないことだけれどね。

「そこで、相馬の死体がお前の車にはいっていたはずだ。あれはどうしたと来るにきまっている。だが、これは全く知らないことにする。目撃した証人が出てくるかも知れないが、それは見違いだろう、よく似た別の車だったのだろう、おれは絶対に知らないと云い張るつもりだ。そうすれば結局水かけ論になってしまう。確証というものはないのだ。これも君に直接の関係はないが、僕がそう答えるつもりだということを知っておいてもらいたい。わかったね」

「ええ、わかったわ。ずいぶん先のことまで考えているのね。やっぱりあなただわ」

晴美はたのもしそうに伊勢の顔を見た。

伊勢はさっき社長室で考えていた和子のことや、ボヤーッとした白い幽霧については、何も云わなかった。和子は彼自身が始末すれば済むことだし、白い幽霊の方は全くとりとめのない不安なのだから、話して見たところで、ただ晴美を怖がらせるばかりで、何の利益もないと思ったからだ。

「サア、いよいよ引っこしだよ。目白の屋敷は売りに出すことにきめた。君も若葉荘を引き上げるんだ。そして、いやな記憶を一掃して、二人の新生活にはいるんだ。君はむろん秘書なんかよして、家庭夫人になるんだよ。新しい家はどこにしよう？　鎌倉へんがいいね。鎌倉には黒沢《くろさわ》君がいる。あの男はそういうことに詳しいから、手頃の家を探してくれるだろう。鎌倉はどう？　いやかい」

「すばらしいわ。夢みたいだわ。あなたは、あたしのために、あれほどの苦労をして下さったのですもの、それだけでも泣きたいくらいだわ。かんにんしてね」

「またはじまった。つまらないこと云うもんじゃない。みんな運命だよ。友子があすこへやってこなければ、こんなことにならなかった。僕だって何もあれを殺そうなんて考えてはいなかった。偶然なんだ。だから、運命だよ。君が原因には相違ないが、君のためにあんな苦労をしたわけじゃない。運命と戦ったんだよ。苦労と云えば、君だって僕と同じぐらい苦労したじゃないか。お互いさまだよ。なにも卑下《ひげ》することはないよ」

「もう泣かない」

と云いながら、晴美はハンカチを顔に当てた。からだが幽かにふるえていた。

「だめだなあ。サア、帰ろう。泣き顔を見せるんじゃないよ」

二人は再び車上の人となり、青山の若葉荘へ急いだ。晴美は助手席に乗って、伊勢とからだをくっつけていた。

もうすっかり夜になっていた。赤と緑の目立つネオンの町を通りすぎ、まっ暗な住宅街を通りすぎ、車は若葉荘へ近づいて行った。二人はもう何も喋らなかった。お互いの体温を感じ合っているだけで、凡ての意志が通じていた。

もう一つ町角を曲がると若葉荘だった。伊勢はハンドルを廻してカーヴを切った。ヘッドライトの強い光が、まっ暗な町の向こう側を移動した。ずっとつづいている生垣の前に、一人の男が立っていた。ライトがその顔をかすめて通った。その途端、車が烈しく動揺した。ハッとすると、目の前に電柱が突進してくるように見えた。晴美は伊勢の膝にしがみついていた。しかし、きわどいところで、電柱をよけることが出来た。車は再び道のまん中に出た。

伊勢は恐ろしい顔で、さっきの男を見送っていた。その男はもうライトの光からはずれて、黒い影が、若葉荘とは反対の方角へ歩いて行くのが見えた。

それはあの男だった。いつか警視庁の廊下で出会った相馬良介とソックリの男だった。

化けものを見た人は、すぐには口が利けないものだ。二人は若葉荘の晴美の部屋にはいるまで、だまりこんでいた。

「あれだよ」

部屋にはいると、そこに立ったまま、伊勢が脅《おび》えた声で云った。

「あれって?」

「今の男さ。相馬良介はあれとソックリの顔をしていた」

「じゃ、あれが警視庁の廊下で会った人?」

「そうだよ。今ごろ、こんなところへ、何をしに来たんだろう」

「あの人なら、会社へ来たことがあるわ」

「えッ、会社へ？　それはいつだ？」

伊勢にとって、これは恐ろしい衝撃だった。あの気味の悪いやつが、ノコノコと会社へやって来たとは。

「もう一週間ほど前よ。あなたのいない時。廊下であの人につかまったの。あなたは伊勢商事の人かって聞くので、そうですって答えると、社長さんはいるかというのよ。今外出していますというと、なんなら又出直してくるけれど、たしか伊勢さんは藤瀬石の石切工場を持っていましたねって聞くの。実はわたしは建築をやっているものだが、藤瀬石が買い入れたいのだというのよ」

「で、君はなんて答えた」

「ほんとうのこと云ったわ。藤瀬石の工場はダムになるので、ずっと前にやめてしまいましたって」

「ウン、それで？」

「それは残念です。どっかであの石が手に入るところはないでしょうかねって聞くの。社長さんがお帰りになったら、わかるかも知れないが、ここにいる社員は誰も石のことは知らないでしょうと云うと、それじゃ、もう一度来るが、社長さんは、ダムに水がはいるまでは、よく石切工場へ行かれたですかって聞くのよ。なんだか変にネチネチした、しつっこい聞き方なの。あたし気味が悪くなって、いいかげんにして、逃げ出してしまったわ。でも、あれが相馬という人とソックリだったとすると……」

晴美も何だかえたいの知れぬものにぶっつかったような、恐怖の表情になっていた。

「やっぱりそうだ。あいつは何か企らんでいる。会社へ来たり、君のアパートへ近づいたりするようでは、油断がならない。だが、あいつ、いったい何を企らんでいるのだろう?……君、ウイスキーまだあったね。ちょっと出して」

伊勢はチャブ台の前にあぐらをかいて、晴美の出したウイスキーをグラスにつぐと、グイとあおった。晴美もチャブ台の向こう側に坐って、じっと彼の顔を見つめていた。

「まさか、……生きかえったんじゃないでしょうね」

「ばかな。そんなことはあり得ないよ。双児《ふたご》かも知れない。それとも、よく似た兄弟か……いずれにしても、相馬と密接な関係のあるやつだ。そいつが、僕たちに目をつけはじめたとすると……これは、あぶないぞ……それに、どうも気にいらないのは、藤瀬石のことをたずねたことだ。相馬と同じ顔のやつが、藤瀬ダムに目をつけているというのは、これは、どういう意味だろう……偶然だろうか。いや、偶然とは云い切れない。きっと、なにか企らんでいやあがるんだ」

伊勢は、独りごとのようにブツブツ呟《つぶや》いて、三杯目のグラスをあおった。晴美はさっきの姿勢のまま、息をつめるようにして、彼の顔を見つめつづけていた。

「相馬のことは、志摩真珠店で、君に調べてもらったが、中途半端でよしてしまった。余り突っこんで行くと、却《かえ》って籔蛇《やぶへび》になると思ったからだ。しかし、こんなやつが出てくると、そして、藤瀬石のことまで尋ねたとすると、もっと調べて見なけりゃいけない。死んだ相馬の住所をつきとめ、それからたぐって行けば、今の男が何者だか、わかるにちがいない。オイ、君、また戦いだよ。一つの犯罪を隠しおおせるということは、並大抵の仕事じゃない。消しとめたと安心していると、どっかでくすぶりはじめる。ほうっておけば、大火事になるんだ。誰かが、犯罪者は実に忙しいものだと云ったが、思い当たるね。どんな大事業だって、これほど気ぼねのおれるものはない。事業の場合は社会全体が敵ではないからだ。多勢の味方がいて、安心していられるからだ。犯罪には味方がない。あらゆることを自分一人で処理しなけりゃならない。あっちでも、こっちでも、火事の卵がくすぶっている。それを片っぱしから、叩き消して行かなければならない」

伊勢は饒舌《じょうぜつ》に喋った。悲痛な顔はしていなかった。唇の隅に妙な微笑さえ浮かべていた。それが、ひどくふてぶてしいものに見えた。

「あれは計画してやったことじゃない。偶然だ。偶然のあと始末だから一層面倒なんだ。しかし、あくまで戦いぬくほかはない。それ以外のことは考えられない。今になって負けるくらいなら、最初から戦わなければよかったのだ。よしッ、もう一度苦労をするんだ。あのときより、もっとむつかしい仕事だって、やって見せるぞ」

彼は目を一杯にひらいていた。役者のように立派に見えた。しかし、その大きな目は澄んでいなかった。白目《しろめ》に赤い血管が這っていた。犯罪者の目は、いくら立派に見えても、いつも充血しているものだ。

彼はまた何杯目かのグラスをあけた。そして、しばらくだまっていたが、やがて、ポツリと云った。たよりなげな、淋しい声だった。

「だが、間に合うかしら？」

そうだ。それが問題なのだ。孤独な犯罪者には、誰も教えてくれるものがなかったので、彼が少しも気づかないうちに、そのくすぶりは、もう消しとめられぬほど、大きくひろがっていたかも知れないのだ。

さっきから、人形のようにじっとしていた晴美の顔に、そのとき烈しい感情が動いた。

「あなた、そして、むせぶような声で云った。可哀相ねえ……」

彼女はいきなり伊勢のからだに飛びついて来た。その目からは、ほとばしるように涙が流れていた。

広い広い世界の中の、二人ぼっちだった。彼らは身も心も一つになれと、死にもの狂いに抱きしめ合った。

孤独なる共犯者の意識が、彼らの愛慾を、世にも異常なものに変えていた。二人のからだは、熱病のいぶきの中で、二匹の蛇のように、もつれ、ねじれ、悶《もだ》えた。

「お前も、可哀相だ」

「あなたもよ、あなたもよ」

溢れみなぎる涙が、二人の皮膚のあいだの潤滑油《じゅんかつゆ》となった。それは意識下に潜在する「絶望」の涙であった。そして、この世にたった二人ぼっちという「歓喜」の涙であった。

11　花田警部

その翌日も、伊勢はいつもの通り会社に出た。意地になっても、それだけは怠らない決心をしていた。晴美も、一足先に出勤していた。

しかし、事業上の仕事は何も出来なかった。来客の話も、社員の報告も、上の空で聞いていた。心には、彼の所謂《いわゆる》くすぶりを揉み消すことのほかは何もなかった。

午前中は、これという考えも浮かばないままに過ぎ去ったが、午後になって、ふと気がついて、晴美を近くの書店へやって、美術雑誌を三冊ほど買って来させた。どれにも相馬良介の名は出ていなかったが、そのうちの一番発行部数の多そうな雑誌社の編集部へ電話をかけた。社から電話をしては拙《まず》いかなと考えたが、こちらの名を云わなければ、相手の方で電話の主を探すこともあるまいし、また、社の交換手も盗聴するような心配はなかった。

編集員が出たので、こちらは一読者だが、行方不明を伝えられている相馬良介の元の住所を教えてくれと頼むと、気軽にしらべて、豊島《としま》区千早町三丁目の番地を読み上げてくれた。

地図を調べて見ると、千早町というのは池袋《いけぶくろ》の奥にあった。すぐにそこへ行って見ることにした。変装などという小細工は好まなかった。このままの姿で出かける方がいいと思った。社員には社用で外出すると云いのこして、キャディラックに乗った。

千早町のその番地は、美術家部落と呼ばれているアトリエつきのバラック長屋であった。もと相馬良介の住んでいた家には、別の洋画家がはいっていた。彼は相馬君とは親しい関係ではないと云ったが、しかし、相馬のことは可《か》なりよく知っていた。彼は妹と二人きりで住んでいたこと、その妹は何とかいう商業美術家と愛し合ってい て、兄の良介が行方不明になって間もなく、ここをひきはらって、その商業美術家と同棲しているらしいということがわかった。

残念なことに、彼はその商業美術家の名を知らなかった。隣近所の人達にも聞き合わせてくれたが、誰も知らなかった。（ああ、そうだったのか。志摩真珠店に関係があったのは、その商業美術家なんだな。晴美が会ったのもその男にちがいない。だから相馬のことを友達だと云ったのだ。晴美に聞けば、それがどんな男だかわかるのだが、しかし、名前を知らないのだから、真珠店に電話をかけたぐらいでは、わからないかも知れぬ。それよりも、郵便局へ行って見よう。配達人の中には、その妹へ来た手紙を転送した者がいるかも知れない）

所轄の郵便局をたずねて、そこへ車を走らせた。配達人溜《だま》りへノコノコはいっていって、いきなり尋ねて見たが、伊勢が立派な服装をしているので、誰も怪しまず、親切に仲間うちを聞き合わせてくれた。そして、可なり手数をかけた上、結局、相馬の妹は芳江という名であること、その転居先は渋谷区代々木富ガ谷町《しぶやくよよぎとみやちょう》の代々木アパート内、真下幸彦方であることがわかった。

それで充分だった。相馬良介の素性もわかった。その妹の行く先もわかった。妹の恋人が、かって晴美が志摩真珠店で会った青年であることも推察できた。それでいいのだ。相馬という画家が、どうして自動車の中で死んでいたかということはわからないが、それを調べるために妹やその恋人に再会するのは危険だ。一応これで満足しておくほかはない。これ以上の調査は、ゆっくり手段を考えてからでもおそくはない。

それに、今日は目白のうちへ帰らなければならない。そこにも急な用件が待っているのだ。友子の財産整理のことで、弁護士と会わなければならない。友子の遺骸が発見されないのだから、すぐに遺産相続はできないが、ほかに相続を争う者もないので、いずれは伊勢のものになる。だから、やはりその整理だけはしておく必要があるのだ。その弁護士は電話をかければいつでも来てくれることになっていた。それと、何かと怪しい挙動をする女中の和子を、一刻も早く追い出してしまわなければならない。今夜はその申し渡しをするつもりであった。

目白の宅へ帰って見ると、来客がある様子だった。出迎えた女中が、警視庁のお方ですと云った。ギクッとした。臑《すね》に傷持つというのは、これだなと思った。しかし、彼は決して脅えた顔など見せなかった。まだ証拠皆無という自信があった。だれが応対しているのだと聞くと、和子さんですと答えた。(フフン、和子のやつ、また出しゃばっているな。客は花田警部にちがいない）いつごろ来たんだ。もう長くいるのか。ええ、三十分ほど前に。（三十分も話しこんでいるとは、いったい和子から何を聞き出そうとしているのだろう）彼は洋風の応接間へ急いだ。

「やあ、花田さんでしたか。よくいらしった」

いきなりドアをあけて、快活に声をかけた。和子の腰かけているうしろ姿がビクッとしたのが、よくわかった。やっぱり何かやましいことを告げ口していたのだ。警部は、さすがに、少しもうろたえなかった。

「やあ、お帰りなさい。お留守中に上がりこんでしまって。実はあなたにご報告したいことがあって伺ったのですが、もうお帰りになるだろうというので、このかたとお話しして、待っていたのですよ」

そこは十二畳ほどの洋室だった。中央の丸テーブルをかこむアームチェアの正面に花田が腰かけていた。和子はもじもじしながら、席を立って下がろうとするのを、呼びとめて、

「ウイスキーを持っておいで、ホワイト・ホースがいいよ。いつもの通りだ。プレイン・ソーダと、つまみもの」

と命じておいて、警部の向こう側のアームチェアに腰をおろした。

「あなた、酒はむろんおやりになるのでしょうね」

「少しはやります。しかし、勤務中はやらないことにしているのですが……」

「じゃ、やりながら、お話を伺いましょう。まさか、ここで勤務中というわけではないでしょう」

二人は声をそろえて笑った。

花田警部は血色のよい田舎面《いなかづら》をしていた。濃い髪を、七三に分けてなでつけているのだが、よほどこわい毛と見えて、それがピンピンと立ち上がっていた。濃いグレイの背広を着ていた。出来合いではなさそうだったが、からだつきが無骨《ぶこつ》なのと、着こなしがまずいので、神田《かんだ》あたりにぶらさがっている安洋服のように見えた。ネクタイの好みなども、田舎めいていた。

ウイスキーが運ばれると、伊勢は自分で二つのコップにウイスキー・ソーダを調合して、一つを警部に勧めた。警部はうまそうにそれを飲んで、ニコニコしながら話しはじめた。

「この間の奥さんの告別式には、お焼香に行きましたよ。ご挨拶もしなかったので、お気づきにならなかったかも知れませんが」

「いや、こちらこそ、ご挨拶しないで。……よく知っていました。どうも有難う」

「変わった葬式でしたね。日輪教の儀式というのは、はじめて見ましたが、天理教に輪をかけたようなものですね」

「あれに凝っていたのですからね。死んだ家内の悪口をいうのじゃありませんが、ずいぶん悩まされました。このうちにも大げさな祭壇があるのです。家内は毎日その前で、神がかりになったものです」

「やっぱり、どこか異常なところが、おありになったのですね。でなければ、自殺までしなくても……」

警部は、このまえ伊勢が云ったことを鸚鵡《おうむ》返しにしていた。

「遺体のない葬式でした。考えて見れば可哀相な女です」

伊勢は目をショボショボさせた。

「それについては、われわれも申しわけないのです。熱海署では、潜水夫まで入れて、ずいぶん探したのですが、どうしても発見できなかったのです。あの鏡ガ浦には、海岸の近くを潮流が流れているのですね。いちどその潮流にはいったら、どこまで運ばれるかわからないのです。まして、奥さんの場合は、二た月《ふつき》もたっていたのですから、見つからないのが当然かもしれません。そういうふうに、死骸が遠くへ流されて、人目にかからないですむということが、自殺者にとっては、一つの魅力なのですね。鏡ガ浦が自殺の名所になったのも、この点が大いに関係していると思いますよ」

花田はそこで言葉をきって、なにか考えていたが、口辺《こうへん》に一種異様の薄笑いをうかべて、また話しつづける。

「自殺者ばかりでなく、犯罪者にとっても、あの鏡ガ浦は、実に便利な場所ですよ。景色のいいところですからね。二人づれで、景色を見るために、断崖のとっぱしまで行くのは、少しも不自然じゃありません。そして、油断を見すまして、うしろから突きおとせば、死体は潮流が遠くへ運んでくれるのですからね。あのへんは波の荒いところですから、漁船の通り路ではありませんし、うしろは、林になっていて、街道から見通しが利きません。あすこで殺せば、所謂完全犯罪になる公算が非常に大きいのです。ですから、鏡ガ浦は自殺の名所というばかりでなくて、殺人事件もよくおこるのです。というのは、警察にわかった事件のことですが、全くわからないで、見のがしているのが、相当あるんじゃないかと、実は、ひそかに考えているくらいですよ。殺人犯人にとっては、死体をどう処理するかというのが、いちばん大きな問題です。死体さえ巧みに隠してしまえば、それはもう所謂完全犯罪になるのですからね。大きな声では云えませんが、鏡ガ浦は、そういう意味で、実に理想的な場所ですよ」

花田は唇をペタペタ云わせながら、さも楽しそうに喋りつづけた。

(こいつは、いったい何のために、こんな話をはじめたのだろう。やっぱり、おれを疑っているのかも知れない。長々と話しつづけて、そのうちのどの点が、おれの急所にさわるかと、じっとおれの表情を窺《うかが》いながら話しているのだ。油断はできないぞ)

伊勢はなるべく穏やかな顔をして、相手の話を軽く聞き流そうとした。

「わたしは職掌《しょくしょう》がら、この死体処理については、いろいろ研究しております。犯罪史などの本も読みますが、それよりも、自分が犯人の立場になって、考えて見るのですね。殺人者は、自分が手にかけた死体を前にして、これがいま消えうせてくれたらと願うものです。それは実に、なににも換えがたい願いですね。しかし、死体は消えうせてはくれません。そこで、犯人は、絶対に発見されないような隠し方を考える。手は手、足は足と、死体を幾つにも切りはなして、別々にどこかへ捨てる、所謂バラバラ事件ですね。あれは実にまずい処理法ですが、持ち運びの便ということだけでなくて、死体を消してしまいたいという願望がさせる業《わざ》だと思います。少しでも小さくして、目につかないようにしたいという、犯罪者のせっぱつまった心理のあらわれですね。

「死体を土に埋めれば、そこだけ土の色が変わって気づかれる。川とか海に投げこめば、たとえ錘りをつけておいても、死体の体内ガスの膨張によって浮き上がる心配がある。そこで、死体を大きな暖炉で焼いてしまおうとした犯人があります。しかし、これは煙突から火葬場のような悪臭が出るので、近所のものに気づかれてしまいました。いちばん安全なのは、硫酸《りゅうさん》のタンクの中に漬けて、とかしてしまう方法です。アメリカには、大きな建物を建てて、硫酸のタンクを備え、次々と死体を溶解させた、大がかりな殺人犯人がありました。しかし、こんなことは、誰にでも出来るわけではありません。ところが、そんな大がかりなことをしないでも、しごく簡単な、しかも最も安全な死体の隠し場所があるのですよ。実は或る探偵小説で読んだのですが、実際にも、その方法を使った犯人がなかったとは云えません。それは都会にでも田舎にでも、どこにでもあるものです。地面にあるものです。ハハハ……まるでクイズですね。どうです、おわかりになりますか」

花田はおかしそうに笑ったが、伊勢は笑えなかった。ジリジリと真綿で首をしめられているような不快を感じた。地面にあるものと聞くと、それが何かはまだわからなかったが、心臓のまわりに恐怖がおしよせてくるように感じた。

「わかりませんね」

わざとゆっくりと、さも興味がなさそうな声で答えた。

「古井戸ですよ」

ガーンと頭をなぐられたような気がした。心臓の鼓動が早くなった。顔色が変わったかも知れない。相手に悟られはしなかったか、それが何より心配だった。だが、花田は何も気づかぬような顔で、話をつづけた。

「東京にも、まだ古井戸は方々《ほうぼう》にあります。殺人罪をおかす前に、予《あらかじ》め古井戸のある土地を買っておくというのですね。そして、家を建てるのに邪魔になるから、古井戸を埋めると云って、土を運ばせておくのです。殺人は夜おこなわれます。で、その夜のうちに、死体をそこへ運んで、古井戸の底へなげこみ、その上から、死体が隠れるまで、土をおとしておきます。それから、朝になるのを待って、仕事師に井戸を埋めさせる。そして、その上に家を建築すれば、さらに安全だというわけですね」

（なるほど、そういう方法もあったわけだな。しかし、ダムの人造湖水の底の古井戸に比べたら、宅地の井戸の底なんて、まだまだ危険だ。問題にならない。この男は、普通の古井戸のことを云っていたのだ。ダムの人造湖までは考え及ばないのだ。あの雄大な着想が、警察官なぞに想像できるものか。大丈夫だ、大丈夫だ。この男はまだ何も知らないのだ）

伊勢はやっと平静をとりもどすことが出来た。ウイスキー・ソーダのお代わりを造って、グッと飲みほした。花田のコップも残りすくなになっていたので、新しく調合してやった。手は少しもふるえなかった。

「さあ、おあけ下さい」

花田はコップをとって、かすかに泡立っている透明な液体を、透かして見るようにしながら、うまそうに飲んだ。

「それはそうと、奥さんが熱海の宿から出られたまま行方不明になったのは、二月二十六日の早朝でしたね」

「そうです。そのことは、あなたも熱海へおいでになって、宿帳などを調べたとおっしゃったように記憶しますが……」

「ええ、宿帳は奥さんがお書きにならないで、番頭が代筆していましたよ。そして、奥さんが二十六日の朝の六時ごろ、宿を出られたことも間違いありません。ところで、その前の二十五日の晩に、もう一人、妙な家出人がありましてね。その行方がいまだに分からないのです。むろん奥さんとは何の関係もありません。奥さんは熱海で行方不明になられたのだが、この男は二十五日の夜、新宿のバーから出たまま、全く消息が絶えているのですからね。場所がまるで違うのです。しかし、一日ちがいの家出人という点と、両方ともわたしの係りになっているものですから、どうしても、一方を考えていると、もう一方のほうも思い出されて来るわけですよ」

また真綿がグーッと締まってきたような圧迫を感じた。ひょっとしたら、あの男のことを云っているのではないかと思うと、怖くなって来た。だが、あくまで平気を装っていなければならない。この場合、むしろこちらから、尋ねるぐらいの余裕を示さなくては。

「それはどういう人ですか。まだ行方がわからないのですか」

「わかりません。死体も出て来ないし、遺留品も発見されないのです。その男に会ったという証人も、一人も現われません。その男は洋画家なのですが、美術家などにありがちな、一種の奇人でしてね。放浪癖もあるといいますから、勝手にどこかをうろつきまわっているのかもしれません……相馬良介という画家です。例のアブストラクトとかいう、われわれにはわけのわからない油絵をかく画かきですがね」

やっぱりそうだった。今度は用心していたので、ガクンと来るほどではなかった。平然として、受けとめることができた。

(それにしても、この男は、なぜ相馬良介のことを、持ち出したのだろう。まさか気づいてはいまい。彼自身が云った通り、家出の日が一日ちがいというところから、偶然思い出したのであろう。だが、そんなに単純に考えていいのかな。花田警部は、いったい、どの程度の頭の持主なのだろう？）しかし、咄嗟にそれを判断することはできなかった。

「二十六日朝、あなたは非常に早く、六時前に、ご自分で自動車を運転して、お宅へお帰りになったそうですね。……いやいや、決してあなたに疑いをかけているわけではありません。少しもご心配なさることはありません。実はそのことは、こちらの女中さんの和子さんから、ずっと前に聞いてあるのですが、奥さんが熱海の宿を出られた時間と同じぐらいに、うちへ帰っておられたのですから、これはもう何よりのアリバイですよ。熱海から東京まで、いくら急いだって二時間以上かかるのですからね。

あなたが奥さんの溺死と何の関係もないことは、非常にハッキリしております。

「しかし、まあ念のために伺っておきたいのですが、あの二十六日の朝早くお帰りになるまで、あなたはどこにおられたのですか。おさしつかえなければ、お話し願いたいのですが」

花田は、そういって、おだやかな眼で、じっと、こちらを見た。伊勢は、この質問を待ちかまえていたと云ってもよかった。これに対する答えは充分考えてあった。晴美とも打ち合わせずみだった。

「実は二十五日の晩は秘書の沖晴美のアパートに立ちよったのですが、宅には家内もおりませんし、それに雪が降って寒い晩だったので、一度自動車で帰りかけたのですが、また思い直して、アパートに引き返し、晴美のところへ泊まってしまいました。しかし、余りあかるくなってから帰るのは、何となく気が引けるので、まだ暗いうちにアパートを出発したのです。会社へ出る前に、うちにちょっと用事もあったものですから」

「そうでしたか。わたしも、多分そうじゃないかと思っておりました」

花田はそれだけで満足したように見えた。もし、もっと突っ込んで聞かれたら、新宿の十字路で事故を起こし、交番に呼ばれたことも話すつもりだったが、先方が尋ねもしないのに、そういう危険なことに触れる必要はないと思ったので、だまっていた。

それから暫《しばら》く雑談を交わして、花田警部は、別段のこともなく帰って行った。

(今夜の花田の訪問は、なんだか変な具合だった。何か感づいているんじゃないかな。まだ安心はできないぞ。しかし、まさか藤瀬ダムのことは、気づくはずがない。微塵《みじん》の手掛かりもないからだ。大きな湖水の底の、そのまた古井戸の底に、石の重しで絶対に浮き上がらないようにしてある。体内ガスの膨張ぐらいで、あのたくさんの石が持ち上がるものではない。だから、死体は絶対に発見されない。死体さえ発見されなければ、ほかのことで多少疑われても、大丈夫だ。あくまで否認すればいい。否

認し通せばいい)

花田警部が帰って、夕食をすませると、伊勢は今夜じゅうに二つのことを、やってしまおうと考えた。一つは気にくわぬ友子の身内の和子に暇を出すこと、もう一つは、会社の顧問弁護士を呼んで、友子の財産整理を依頼することだ。

和子には相当の退職金のようなものを与えて、あすじゅうに郷里へ出発するように申し渡した。和子は余り急なことだと不服を云い、せめて奥さまの百カ日まで置いて下さいと、泣くようにして頼むのを、一切取り合わず、無理おしつけに、翌日じゅうに立ちのくことを承知させてしまった。

それから顧問弁護士に、夜分恐縮だがご足労願いたいと電話をかけた。いつでも来てくれるように約束がしてあったので、じきにやって来た。そこで、さきほどまで花田警部のいた応接間に通して、友子の金銭出納の控え帳、証券帳、預金通帳、地権証など、一切の書類をテーブルの上に持ち出して、一々説明を加え、弁護士の質問に応じ、夜の更けるまで調査をつづけた。そして、計算をして見ると、友子所有の財産は預金と証券類だけで一千万円を超え、土地の時価を加えると、その三倍の額になることがわかった。

弁護士は証券類の名義書き換え、土地の登記などに要する書類を揃え、相続税の計算をした上、近日またご相談に上がると云って帰って行った。

12　対決

それから五日ほど、伊勢の身辺には別段の出来事もなく経過した。そして、五月二十日の夜、彼の運命は急転直下、破局への道を踏み出すことになる。その夜、伊勢はまた自宅へ顧問弁護士を呼んで、友子の財産整理のことで、夜更けまで打ち合わせをしていた。そこへ女中が電話を知らせて来た。若葉荘の晴美からだという。もう九時に近かったので、こんなにおそく何の用事かと、少し不安になって電話口に出たが、すると、晴美の声がいつもと違っていた。なにかひどく興奮しているのを、わざとさりげなく話しているような声であった。

「あなたですの？　省吾さんですの？」

妙に念をおして聞くので、

「なんだ、僕の声がわからないのか」

と叱るように云うと、

「ああ、あなたですわね。今、相馬良介さんのいとこという方が、ここへ来ていらっしゃいますの。あなたに至急お会いしたいのですって。お宅の方へいらしって下さいと云ったのですけれど、そのかたは、あなたに電話をかけて、ここへ呼んでくれとおっしゃるのよ。ね、わかって？　すぐ来て下さいます？」

伊勢はまたしても、ガーンと頭を殴られたような気がした。「相馬のいとこ」というひとことで、忽ち何もかも察しることが出来た。

(あいつだ。会社へ来て晴美に藤瀬石のことを尋ねたやつ、警視庁の廊下で出会ったやつ、それから、つい数日前の夜、晴美のアパートのそばをうろついていたやつ、相馬良介とそっくりの顔をしたあの男にきまっている。晴美はその男の前で電話をかけているので、何も云えないのだ。しかし、恐怖にふるえた、人変わりしたような声で、何もかも察しがつく。いよいよ敵が乗りこんで来たのだ。このうちへ来ないで、晴美のところへ来て、おれを呼びつけるという態度で、敵の手ごわさがわかっている。さあ、対決だぞ)

一瞬間にこれだけのことを考えて、電話口に答えた。そばにいる男に盗み聴かれないほど声をおとして、

「よし。すぐに行く。僕が行くまで何も云うんじゃないよ。ほかの話で、ごまかしているんだ。わかったね。じゃあ、二十分でそちらにつくから、それまで待っててくれ

るように伝えてくれたまえ」

　電話を切ると、弁護士には、急用が出来たから、今夜は引きとって、また出なおしてくれるように頼み、すぐに外出の用意をして、キャディラックに乗り、青山の若葉荘に急いだ。

　走っているうちに、だんだん、相手が兇暴なやつではないかという気がして来た。死んだ相馬とソックリの顔をしているやつ、何かコソコソとこちらの様子を探っていたやつ、そいつがいよいよ対決を求めて来たからには、よほどの決意を持っていると覚悟しなければならない。腕力に訴えるようなことが起こらないとも限らぬ。伊勢はピストルがほしいと思った。しかし、ピストルなどは持っていない。何か武器になるようなものはないかと考えていると、運転席のドアの内側のポケットに、ちょうど手ごろのスパナーが入れてあることを思い出した。

　彼はそこへ手を入れてさぐって見た。あった。重さといい、大きさといい、武器にはおあつらえむきだ。彼はそれを上衣のポケットにしのばせた。これでいくらか心丈夫になった。

　若葉荘に着くと、門の前に車をとめ、暗いコンクリートの階段を三階までのぼって行った。

三十六号のドアをノックすると、中から晴美があけてくれた。まっ青な顔をしている。その肩ごしに、向こうの部屋に坐って、こちらを睨みつけている男の顔が見えた。やっぱりあいつだ。警視庁の廊下で見たあの男だ。

ツカツカとはいって行って、その男の前に坐った。男は平然として煙草をふかしながら、ジロジロこちらの顔を見て、だまっている。

「僕が伊勢省吾です。何か僕にお話があるのですか」

そう口を切っても、男はまだ暫《しばら》くのあいだ、だまっていたが、やがて、ニーッと唇を歪めて、いやみな口の利き方をした。

「二度お目にかかりましたね。いつかは警視庁の廊下で、それから四、五日前には、このアパートのそばのくら闇で。その警視庁で会ったとき、あんたはどうして、あんな妙な顔をして、僕をジロジロ見たんです。あれは失敗でしたねえ。あの時から、僕はあんたに目をつけはじめたのですよ。それから、このあいだ、くら闇で出会ったときだってそうです。あんたはハンドルを切りそこなって、電柱にぶっつかりそうになったじゃないか。僕の顔を見て、どうしてあんなにびっくりするんです」

伊勢はあらかじめ覚悟をきめていたので、こんないやがらせには動《どう》じなかった。だまって聞いていては、きりがないと思った。

「そんなことより、早く用件を云いたまえ。それに、君はまだ名前も名乗らないじゃないか」

きっとして云うと、相手はニヤリと笑った。そして、ゆっくりと、上衣の内ポケットから、札入れを取り出し、その中から名刺を一枚引き抜いて、伊勢の前にさし出した。手に取って見ると、「南探偵事務所」と肩書きして、「所長、南重吉」と印刷してあった。

(ああ、そうだったのか。この男は私立探偵だったのか。しかし、決して善良な探偵じゃない。悪党探偵にきまっている。すると、こいつの目的はユスリかも知れないぞ)

そう考えると、伊勢はいくらか気分が軽くなった。ユスリならば、金で始末がつくと思ったからだ。

「で、君の用件は？」

すると南探偵は、またニヤッと笑って、横に置いてあった風呂敷包みを、膝の上にのせ、ゆっくりとそれを解いて、一足の靴を取り出した。婦人用の黒い皮の靴であった。

「この靴を、あんたに買い取ってもらいたいのです」

そういって、じっと、こちらの表情をうかがっている。伊勢は咄嗟《とっさ》にその意味を悟ることが出来なかった。靴に見覚えがあるわけでもなかった。

「この靴がどうしたと云うんだ。なぜ僕が買わなけりゃならないんだ」

「ハハハ……おわかりになりませんか。あんたも迂闊《うかつ》なもんだなあ。そんなことで、よくあれだけの大それた罪が犯せたもんだ」

（あ、そうか。あれだったのか）

伊勢はやっと、そこに気がついた。そして、俄かに動悸が早くなって来た。

（これは友子の靴かも知れない。こんなような黒靴をはいていた。井戸にほうりこむとき、靴がぬげていることを気づいて、随分探したが、どうしても見つからなかった。あのときの靴を、この男が、どうかして手に入れたのかも知れない。だが、どうして手に入れることが出来たのだろう。こいつが藤瀬ダムへ行ったはずはない。警視庁の廊下でこの男に出会ったのは、ダムの湛水が終わって、あの辺が湖水になってしまってから、ずっとあとだった。警視庁で会ったときに疑いを持ったと云っているくらいだから、その前にダムへ靴を探しに行ったというようなことは考えられない。いずれにしても、入手経路を確かめてからの話だ）

「やっと気がついたようだね。これはあんたの奥さんが行方不明になったときに、はいていた靴ですよ」

「フン、そうかも知れないね。だが、その靴を、なぜ僕が買わなければならないのだね。もともと僕の家《うち》の靴なんだから、君にお礼を云って、受け取っておけばいいようなもんだがねえ」

「どうも手数がかかるなあ。あんた、そんなこと云って、しらばっくれてるのか、それとも頭が悪いのか、どっちなんだ。しかたがない、納得が行くように、順序を追って話すことにしよう。いいかね、よく聞いていて、この靴にどれほどの値うちがあるか、判断して下さいよ」

南探偵は、居ずまいを直して、話しはじめた。伊勢はともかくも、おとなしくその話を聞いてやることにした。晴美はさっきから、伊勢のからだの蔭に隠れるようにして、やはり聴き耳を立てていた。

南の話は、相馬良介失踪事件の捜索を、その妹の芳江に依頼されたところからはじまった。新宿のバー「桃色」の調査、そこで二月二十五日の晩、相馬は芳江の恋人の真下幸彦と争い、誤って洗面台で頭をうったこと、それからフラフラとバーを出たまま行方不明になったこと、後《のち》に松葉杖のパンパンの証言で、相馬が十字路のガード下に停まっていた立派な自家用自動車の後部席に、のめり込んでしまったこと、その自動車は何か交通事故があって、運転者は十字路の交番に呼ばれていたが、やがてその運転者が戻って来て、運転席にはいると、そのまま青梅街道の方角へ走り去ったことなどがわかり、また、十字路の交番の巡査の手帳から、その自家用車の番号や、所有者の住所姓名がわかったことなど、順序を追って話して行った。

だが、それは実に意地の悪い話し方で、一つ一つ事実がわかって行くにしたがって、伊勢の表情が変わるのを、唇をペタペタ云わせて、楽しんでいるように見えた。伊勢は、相手のひとことごとに、多かれ少なかれショックを感じたが、持前の闘志を駆り立てて、これに対抗した。どんな感情も色に現わすまいとして、懸命に戦っていた。そのうしろに坐っている晴美も、命がけの表情で、聴き入っていた。「もう駄目だ」と、クナクナと心がくずおれそうになるのを、歯をくいしばって、こらえていた。

「その自動車を運転していたのは、所有者の伊勢商事の社長さんだとわかったが、すると、すぐに、伊勢省吾という名は、どこかで聞いたぞと感じた。ああ、そうだ。警視庁の廊下で、おれの顔を見つめていたあの人だ。花田警部の部屋にはいって、今のは誰だと聞いたら、伊勢商事の社長さんだと教えてくれた。花田君とはね、昔の同僚ですよ。僕も長く警視庁にいましてね。

「ねえ、社長さん、あのとき、あんたが僕の顔を見て、なぜあんなに驚いたか、そのわけを云って見ようか。それはね、二十五日の晩、あんたが知らないまに、自動車の後部席に倒れていた相馬良介の死体と、僕の顔が、ソックリだったからでしょう。あんたは、僕の顔を見て、あの相馬が生き返ったのではないかとギョッとしたのだ。あそう考えると、あんたのあの時の顔つきが、よくわかる。なぜそれほどギョッとしたか。あんたは相馬の死体を人知れず処分したからだ。今ごろこんなところへ現われるはずがないと思っていた相馬が、いや、相馬とソックリの男が、警視庁の廊下を歩いていたからだ。ねえ、伊勢さん、あの時のあんたの気持は、僕にはよくわかりますよ」

南はそう云って、伊勢の顔をジロリと眺め、憎《に》く憎くしく唇をまげて、ニヤリと笑った。伊勢の心は瘧《おこり》のように震えていた。その震えが肉体にまで伝わらないように制御するのが、やっとだった。

「そこで僕はこう考えた。若《も》し伊勢さんが、ほかに何のやましい事もなければ自分の自動車に相馬の死体がころがりこんでいることを知ったら、すぐに警察へ届けるはずだ。それをしなかったところを見ると、あんた自身にも何か秘密がある。ひょっとしたら犯罪があるんじゃないか。これは一つ、相馬事件なんかよりは、この方を調べて見なければなるまいと、思案をきめたってわけですよ。

「相馬があんたの自動車の中で死んだことは、だいたい確かだと思う。酒をたらふく飲んだ上に、頭をひどく打っているんだから、自動車にのめり込んだまま、息が絶えたということは、充分考えられる。ね、そうでしょう。あんたは、青梅街道を走っている途中で、相馬の死体に気づいたのでしょう。そのとき、あの男は絶命していたのでしょう。ハハハ……あんたのその顔色でわかる。僕は今まで、この点には、やや疑いを持っていたのだが、あんたの顔に驚きも否定も現われないところを見ると、この想像は当たっていたんだ。あんたは、見も知らぬ男の死体をかかえて、随分苦労をしたでしょうね。

「そこで、僕の捜査の方向は、あんたの身辺に向けられた。すると、すぐに思い浮ぶのは奥さんの友子さんの失踪事件だ。僕は花田警部からも、それを聞いていた。奥さんが熱海で行方不明になったのが、相馬良介の失踪の翌朝だったことも、わかっていた。僕は、これは臭いぞと思った。熱海の宿屋に泊まったのは、にせものの友子さんかも知れない。友子さんは、その前の晩に、殺されていたのかも知れない。そうすれば、あんたが相馬の死体を警察に届けなかったという事実と、ピッタリ当てはまって来る」

そのとき、南はちょっと居ずまいを直して、伊勢の心の底を見通すような、薄気味の悪い目つきをした。

「あの自動車には、相馬のほかに、もう一つ死体が積みこんであったんだ。ね、そうでしょう」

そこへ来るのは予期していた。しかし、言葉に出して云われて見ると、やっぱりガクンと来た。今度こそ顔色が変わったことが自分でもわかった。顔からスーッと血の気《け》が引いて行った。うしろの晴美がガクガク震えているのがわかった。気ちがいのようにわめき出したい衝動、同時に、その場にワッと泣き伏したい衝動を感じた。それを自制するのが、やっとの思いだった。

「そのもう一つの死体というのは、むろん奥さんの友子さんだ。うしろのトランクでしょう。え、そうじゃありませんか。トランクのほかには隠し場所がないはずだ。

「そこで僕は、目白のお宅を訪問した。もっとも表門からじゃない。ガス会社のメーター調べに化けて、裏口からはいった。そして和子という女中さんと仲よしになってね、いろいろ聞きこみましたよ」

(果たしてそうだ。和子が勝手口でボソボソ囁いていたのは、こいつだったのだ。一つの犯罪を隠しおおせるというのは、なんとむつかしいことだろう。警視庁の探偵には目を配っていた。だが、こんな鋭い悪党探偵がいるとは知らなかった。こいつは、まるで彼自身が犯罪者ででもあるように、こちらの心理を摑んでいる。それにしても、こいつが偶然、相馬とソックリの顔をしているなんて、実に恐ろしいことだ。そういう恐ろしいことが、この世の中にはあるんだなあ！）

「あの女中は奥さんの身内なんだね。だから、あんたを憎んでいた。ここの女秘書との関係も、あの女中が教えてくれた。それから、あんたが二月二十六日の朝、どこからか自動車で帰って来たこと、あんたがゲッソリ疲れていたこと、また自動車がひどく汚れていたことなんかも教えてくれた。

「あんたはあの晩、自動車を運転して青梅街道から、どっか遠くまで行ったのにちがいない。新宿の十字路で事故を起こしたのは夜の十時頃だった。そして、目白のうちに帰ったのが朝の六時前だ。往復八時間かかっている。あの晩は雪が降っていた。運転は骨が折れたにちがいない。ことに山の方向へ走ったとすれば、天気のいい昼間のドライヴに比べたら、倍も時間がかかっているだろう。そういうことを考えにいれて、僕は地図を調べて見た。新宿を中心にして、普通のドライヴならば、二時間か二時間半で行ける地点を調べて見た。すると、その円周の中に、藤瀬ダムというものがあったのだよ」

南はここでまた言葉を切って、じっとこちらを見据えた。「藤瀬ダム」という地名は、伊勢にとって最後の衝撃であったはずだが、予想していたせいか、それほどにも感じなかった。「ああ、とうとうそこまで来たか」という感慨のようなものが、心中の暴風の中に透明な真空帯を作った。この男が会社へ来て、藤瀬石のことを尋ねていたと聞いたときから、おぼろげに、このことあるを察していた。それがいま確実になったというに過ぎない。だが、よくもそこまで推察した。敵ながらあっぱれだと思った。

「一方、僕は会社名鑑で、あんたが藤瀬石の工場に関係していたことを見つけた。それを確かめに、あんたの会社へ行ったこともある。そのとき応対したのは、ここにいる秘書の沖さんだったから、あんたは多分、沖さんから僕の人相を聞いていたでしょう。

「所要時間から割り出した円周内に、かつてあんたが経営した藤瀬石の石切場がある。これは偶然ではないと思った。その石切場は、今では藤瀬ダムの湖水の底になっている。あの人造湖の水入れはいつだったか。それは当時の新聞に大きく出ていたので、調べるとすぐにわかった。三月一日が水入れの日だった。あんたが青梅街道を飛ばしたのは二月二十五日の夜だ。三月一日までには中三日しかない。そこまで考えたとき、僕はアッと驚嘆した。あんたを尊敬した。なんという雄大な、しかも完全無欠な隠し場所だろう。これは天才の着想だと思った。

「四日後には水入れときまったダムの湖水の底へ、屍体を隠して、石か何かで浮き上らないようにしておく。四日のあいだ見つかりさえしなければ、そこは満々たる湖水になってしまうのだ。実にすばらしい着想ですよ。僕は職掌がら、死体の隠し方については、相当研究しているが、あんたの考え出したこの雄大な隠し場所には、僕も兜《かぶと》をぬいだ。犯罪にも創造力というものが必要だが、あんたの創造力は驚嘆にあたいしますよ」

南は皮肉でなくほめ上げていた。伊勢にもそれはよくわかったけれども、彼の虚栄心がそれで満足するというわけでもなかった。その創造的な犯罪を見破り得るものは、おれのほかにはあるまいという相手の自負だけが、強く感じられた。しかし、それも無理はない。実は伊勢のほうでも、南の探偵的才能には驚嘆したのだから。

「これで二つの死体の隠し場所は推定できた。だが、僕にはまだ難関があった。二十五日の夜死体を処理されたはずの友子さんが、翌二十六日の朝まで、熱海の宿屋に泊まっていた。この矛盾をどう解決するかということが残っている。僕は熱海に現われた友子さんは替玉《かえだま》にちがいないと思った。あの宿屋は友子さんの定宿《じょうやど》ではないし、宿帳の署名も、番頭に代筆させている。では、その替玉は誰がつとめたか。それはきまっている。あんたはここにいる沖さんとの関係を全《まっと》うするために、嫉妬深い奥さんをなきものにした。そうとしか考えられない。だから、替玉をつとめる人は沖さんのほかにはなかったはずだ。それで、あんたが来るまでに、沖さんにいろいろ訊ねて見たが、この人は何も云わない。さっきの電話で、おれが行くまでだまっていろと、口止めされたのだろうと思って、深くも訊ねなかったが、いよいよ今度は、沖さん、あんたの番ですよ」

南は例の好色の目で、伊勢のからだを盾にしている晴美の顔を追い求めた。晴美はもう震えてはいなかった。恐怖の峠を越したからだ。何もかもわかってしまったとなると、却《かえ》って心が落ち着き、やや冷静を取り戻していた。

「沖さん、僕はこのアパートへ来て調べたのですよ。この向こう側に島村という人が住んでいますね。その奥さんに訊ねたのです。二月二十五日の晩から二十六日の朝にかけて、何か気づいたことはないかと云ってね。すると、あの雪の降った晩というので、思い出してくれたのですが、あの晩はたしか男のお客さまがあったようだが、早く寝てしまったので、いつ帰られたかは知らないというのです。二十六日の朝は、いつものようにお勤めに出られた様子がない。ズッとドアが締めきったままで、牛乳や新聞なんかも取り入れてなかったので、ゆうべおそく外出したまま戻られなかったのかも知れないと思ったそうです。九時ごろになっても、そのままなので、少し気になって、ドアをノックして、ノッブを廻して見たが、鍵がかかっていてひらかなかったといいます。そして、やっと昼の十時ごろになって、沖さんはどこからか戻って来た。それが、どうも会社からではなくて、どこか遠方から帰ったような感じだったと、島村の奥さんは云うのです。お勤めに出る服装ではなくて、旅行でもしたような服装だったというのです。沖さんが二十五日の夜、何時ごろアパートを出たかはハッキリわからないが、少なくとも、早朝から十時まで不在だったことが、確かめられたのです。

「それで、こういう想像がなり立ちます。友子さんが、どうかして二十五日の夜おそく、このアパートへやって来た。或いはあんた方が友子さんがここへ来るように工作したのかも知れない。ともかく、あんた方二人が待ちかまえているところへ、友子さんが飛びこんで来た。それからどういう手段で殺したかは、僕にはわからないが、いずれにしても、この部屋が犯罪現場《げんじょう》になったと考えるのが最も自然なように思われる。

「さて、殺してしまってから、アリバイを工夫した。それには年こそちがえ、同じ女性の沖さんがいる。共犯者の沖さんがいる。そこで、沖さんに被害者の服を着せ、持ちものを持たせて、おそい汽車で（おそらく最終の汽車でしょう）それで熱海に立たせ、友子さんとして宿に一泊し、翌早朝、鏡ガ浦に友子さんの外套やカバンを残して、投身自殺と見せかけておいて、すぐに東京へ引き返す。そうすると、ここへ着くのは十時ごろになるわけです。これで、すっかり辻褄《つじつま》が合うじゃありませんか。どうです、沖さん、僕の云ったことがちがっていますか。え、ちがっていますか」

晴美は今さら否定して見ても仕方がないと思ったので、目を伏せてだまっていた。伏せた目にも、相手の好色な顔が、いやらしく感じられた。伊勢が来るまでのあいだに、南は彼女にみだらな口を利いていた。それを思い出すと、いま相手が勝ちほこっているだけに、くやしくて仕方がなかった。伊勢も晴美の表情から、大方《おおかた》はそれを察していた。それが悪党探偵への憎悪を倍加させた。

伊勢はもう冷静になっていた。南の推理は殆ど事実そのままだったけれど、それを承認して、負けてしまうのは、まだ早いと思った。彼は商売道の練磨によって、負けきるまでは負けないという魂を持っていた。まだ負けるときではなかった。

「僕も君の想像力には驚嘆したよ。よくもそこまで考えたね。そういう風に云われると、僕は実際、君の云った通りの罪を犯しているような気持ちになるくらいだよ。だが、今まで君の云ったことは、実によく辻褄が合ってはいるが、悉《ことごと》く君の想像にすぎない。君が作り上げた小説だよ。凡て情況判断にすぎないじゃないか。確証というものが一つもないじゃないか」

それを聞くと、南はまたニヤリと笑った。実に不気味な笑いだった。まだ奥の手があったのか。まだ切り札が残っていたのか。

「ところが確証があるんですよ。あんたが今までの僕の話だけから、たかを括って楽観しているとしたら、とんでもないまちがいですよ」

南は口辺ではニヤニヤと笑いつづけていたが、その目には恐ろしい底光りが加わって来た。

13 第二の殺人

伊勢と晴美は、南が何を云い出すのかと、やはり緊張しないではいられなかった。

「確証も確証、生き証人がいるんだ。と云っても、わかるまいね、あんた方の盲点にはいっているのだから。先方はあんた方をよく覚えている。現に石切場の古井戸へ、二つの死体を投げこむところを、ちゃんと見ていた。これより確かな証人はありませんよ」

あっさり云ってのけて、またニヤリとした。

伊勢はハッとして目をつむった。すると、暗い瞼に何かボーッと白いものが浮かんで来た。

（あれだ。あの白い化けものだ。どうしても思い出せなかった白いやつだ。犬かしら？　白い犬だったかしら？　ああ、まだ思い出せない）

「水がはいる間際《まぎわ》まで、藤瀬部落に踏みとどまっていた男がある。田中倉三《たなかくらぞう》というその男が、目撃者だよ」

（アッ、わかった。あの男だ。白い犬を連れていたあの気ちがいみたいな男だ。晴美と二人でピクニックをしたときに出会ったやつだ。晴美がハイヒールを欠かして困っていると、助けてくれようとした。そして、部落が湖水の底になることを呪っていた。帰りには、出発する自動車のうしろに突っ立って、いつまでもおれたちを見送っていた。ああ、思い出した。そのとき、おれは、この男には、きっともう一度会うだろうという予感がした。そして、やっぱり会っていたのだ。こちらは知らなかったけれど、あいつは古井戸のそばのくら闇から、じっと、おれのやることを見ていたのにちがいない。あのとき、なんだか白いものがボーッと、闇の中を横切ったような気がした。それがあの男の連れている白犬だったのかも知れない）

「どうだね、僕はそこまで突きとめているんだよ。藤瀬部落の住民は、換え地をもらって、移住している。僕はその移住先をたずね廻った。すると、水がはいるまで部落に頑《がん》ばっていた男があることを聞き出した。先祖の土地を離れるのがいやだと云って、墓石《はかいし》にしがみつくようにしていたそうだ。それが田中倉三という独りぼっちの変わり者だった。僕はこの男が最後まで部落をさまよっていたとすれば、何か見ているかも知れないと思った。行く先を訊ねたが、誰も知らない。東京へ行くと云っていたことがわかったばかりだ。

「僕の直覚は、この田中倉三がただ一人の生き証人かも知れないと考えた。あくまで探し出そうと決心した。幸いなことに、この男には一度出会ったら忘れられないような特徴があった。風体《ふうてい》はボロボロの百姓姿だ。それが古い塔婆《とうば》をしょって、大きな白犬を連れているのだ。しょっているのは、父親の塔婆だと云うことだった。まさか先祖の墓石を背おうわけにも行かないので、父親の古い塔婆だけを持ち出したのだろう。もとの部落の人たちが、田中倉三がそういう姿をして、東京へ歩いて行ったと教えてくれた。変わり者だから、そのままの姿で、東京にはいったにちがいないと云うことだった。

「僕はこの男を探し出すのに、ずいぶん苦労をしたもんだ。自動車を雇って、藤瀬部落から東京へ帰る途中、町や村にさしかかるたびに、車から降りて、こういう風体の男が通らなかったかと、尋ね廻った。すると、誰かしら、その男を見ている者があった。やっぱり塔婆をしょって、白犬を連れていたというのだ。

「だが、東京にはいってからは、足どりがわからなくなってしまった。僕はそういう田舎者の立ち廻りそうな新宿、浅草《あさくさ》、上野《うえの》などの盛り場を探し歩いた。幾日も幾日も、こっちが浮浪者になった気で、尋ね廻った。そして、とうとう見つけた。田中倉三は浅草公園や上野の地下道などを転々して、今では上野公園の徳川家の墓地の中に出来ている葵《あおい》部落の乞食小屋に住んでいることを突きとめた。

「つい二日前のことだ。僕は倉三の喜びそうな土産物《みやげもの》を持って、その乞食小屋を訪ねたが、話して見ると、僕の直覚が当たっていた。彼は二月二十五日の夜なかの出来事を、すっかり目撃していることがわかった。あんたは先《ま》ず相馬の死体を古井戸まで運んで投げ入れた。それから、自動車の後部トランクから、友子さんの死体を出して、井戸まで運んだが、投げ入れようとするとき、『アッ、靴がない』と叫んだ。友子さんの靴が途中で落ちたのだ。あんたは懐中電燈をつけて、自動車と古井戸のあいだを何度も往復して調べたが、靴はとうとう見つからなかった。それで、そのまま友子さんの死体を投げ入れ、その上から大きな石を幾つも投げこんだ。社長さん、これでも僕の想像にすぎないというのかね。想像だけで、こんな詳しい話が出来るもんじゃない。倉三が、闇の中から、あんたのやったことを、何から何まで見ていた。それをすっかり聞いたからだ。

「恐ろしいもんだね。天網恢々《てんもうかいかい》というやつだね。絶対に誰も知らない完全犯罪と思いこんでいたのが、一人の愚かな田舎者の、先祖の土地への執着心がもとになって、たちまち暴露《ばくろ》してしまったんだ。しかも、その倉三が、何よりの物的証拠を、ちゃんと保管していてくれた。それがここにある靴だよ。あんたが懐中電燈で探し廻る先に、倉三が拾いとってしまったんだ。そして、それをだいじに風呂敷包みに入れて持っていたのだ」

南は、そこで言葉を切って、油断のない目でジロジロと、こちらの二人を見比べながら、だまっていた。もう云うだけのことは云ってしまったという顔つきだった。そして、右手を上衣のポケットに入れたまま、じっとしていた。そのポケットが妙な形にふくれていた。どうもピストルらしく思えた。

(なんて用意周到なやつだ。おれが、せっぱつまって、殺意を起こすかもしれないと用心しているんだな。だが、おれはまだへこたれないぞ。まだ退路が残っている。こいつの論理の輪には、小さな切れ目がある)

伊勢の方でも、ここまで追いつめられると、却って度胸がすわって来た。彼はフフンと鼻の先で笑って見せるだけの余裕を取り戻した。

「それが友子の靴だという証拠があるかね。そんなありふれた婦人靴なんか、どこにだってころがっている。君はそれを古靴屋の店先で手に入れたのかも知れないじゃないか」

「田中倉三という生き証人がいる。この靴は倉三の風呂敷の中から持って来たんだ」

「その田中とかいう男はおれも知っている。この晴美と藤瀬へドライヴしたときに、出会ったことがある。あれは君、白痴だよ。いや、気ちがいだよ。世の中には阿呆のくせに、嘘だけは上手なやつがいる。あいつは夢でも見たんだろう。どこか道で拾った古靴から、そんなお伽噺《とぎばなし》を作り上げたんだろう。第一、もしあいつが、それほどの大事件の目撃者だとしたら、今まで警察にも届けないで、だまっている道理がないじゃないか。そんなばかな作り話を、だれが真にうけるもんか。それにね、君、白痴や精神異常者の証言は、法律上の証拠力にはならないもんだぜ」

　この反撃には、さすがの南も、あきれ返った顔をした。

「ホホウ、そんな手もあったのかねえ。えらいもんだ。社長さん、あんたがそれほどの悪党とは知らなかった。だが、こっちにはまだ切り札があるんだぜ。おれの力ではどうにもならないが、警視庁ならやってくれる。藤瀬ダムの湖水に潜水夫を入れるんだ。そして、古井戸の底を探せば、のっぴきならぬ証拠が出てくるだろうよ。友人の花田警部に話しさえすれば、すぐにもその手続をとってくれるだろうよ」

「それじゃ、警視庁にはまだ話してないってわけだね」

伊勢はもう最後の決意を固めていた。靴を売りつけに来るからには、警視庁には何事も知らせてないことは明らかだ。そこに一縷《いちる》の望みがある。思い切ってやってのければ、それで事がすむのだ。

「もちろんだよ。警視庁に知らせたら、おれは一文にもならない。この秘密は広い世間におれだけが知っているんだ。そこに値うちがある。花田警部もこの事件の係りだから、いろいろやっているだろうが、あの男は役人気質《かたぎ》で固まっているボンクラだ。上司の鼻息ばかりうかがっている花田なんかに、なにが出来るもんか。こっちは命がけでやっているんだからね。だいじな獲物を警察に献上するようなへまはしないよ」

「で、君はこの靴をいくらで売ろうと云うんだね」

「かけ値なしの一千万円だ。あんたには、即座にそのくらいの現金は集められると睨んでいる。それに、友子さんの莫大な遺産もころがりこむんだしね」

（フーン、一千万円か。そのくらいなら、おれにとって致命的ではない。本当に買い取ってもさしつかえないのだ。しかし、ユスリというものは、一度で打ち切りにはならない。いつでもほしい時にやってくる。こっちの弱点は時効になるまで消えないのだからな。こんな悪党を生かしておいては、生涯ビクビクしていなけりゃならない。やっぱり殺すほかはないようだ。こいつの云う通り、警察官には、こんな型破りの謎が解けるものじゃない。こいつさえ消してしまえば、生涯安全なのだ）

（田中倉三という白痴が残っているが、これは問題じゃない。あいつには警察に届ける気持なんか少しもないのだ。たとえ届けるようなことがあっても、南のような鋭い解説者がついていなければ、あんな白痴のかたことなんか、普通の人間にわかりっこない。こいつさえ始末すればいいんだ。だが、そうすると、又死体を隠す苦労をしなければならないぞ）

（しかし、それはもうちゃんと考えてある。このあいだ花田警部と話しているうちに、もし死体隠匿の必要が生じたら、あすこを使えばいいと考えておいた。鏡ガ浦だ。花田が他殺にも理想的な場所だと教えてくれた。断崖のすぐ近くを潮流が流れていて、死体を遠くへ運んでくれるからだ。自動車で熱海まで往復すれば事がすむ）

それだけのことを一瞬間に考えた。そして、相手に疑いを抱かせない前に、答えることができた。

「一千万円は僕には大金だが、値ぎったところでまけるわけでもなかろう。よろしい。買うことにしよう。今ちょうど友子の財産整理をやっているので、うちの金庫の中に、一千万円ぐらいの有価証券がある。なんだったら、今から一緒に行ってもいい。こういうことは一日でも延ばせば、お互いに不利だからね」

今まで頑固に抵抗していた伊勢が、思いがけなくあっさり承知したので、南の方があきれたほどであった。

「フーン、そうか、いや、さすがは実業界のやり手だけあって、話が早いね。もうのがれる手がないと悟ると、未練らしいことを云わない。勝負師の度胸だね。それじゃお供しよう」

南はそう云って立ち上がったが、右手はやっぱりポケットに突っこんでいた。ピストルを握っているのだ。

腕時計を見ると十二時に間もなかった。伊勢も立って、晴美をかたわきに呼んだ。

「これですんだ。心配することはないよ。今夜はゆっくり寝たまえ。あすの朝会社で会おう。ね、それまでお別れだ」

彼はいきなり晴美を引きよせて接吻した。南はそれを見ていた。そして、例の唇を醜くゆがめて苦笑していた。伊勢の方では、その苦笑が見たかったのである。

二人は門前に置いてあったキャディラックに乗った。「君はうしろの席に乗りたまえ」と云っても、南は「いやこの方がいい」と云って、運転席の伊勢のとなりに腰かけた。まぢかで監視するためであろう。あくまで用心深い男だ。

自動車が乗り出すと、南が正面を向いたまま、なにげないていいで云った。

「変なまねはしっこなしだぜ。おれはちゃんと、こういうものを用意してるんだからね」

そして、ポケットに入れていた右手を出して、チラッと、黒っぽい小型ピストルを見せた。だが、それは見せられなくても、伊勢の方でも、とっくに察していたことだ。

（実にいやなことだが、やむを得ない。第二の殺人だ。友子の場合は無我夢中だった。過失殺人と云ってもいい。だが、今度は冷静な計画殺人だ。殺すのはいやでしょうがないけれど、そのほかに方法がないのだ。この男は殺すほかには扱いようのないやつだ。こいつさえ消してしまえば、あとは永久に安全なんだ。今夜ひと晩の辛抱だ。殺すのは一瞬間ですむ。死体を鏡ガ浦まで運ぶのに手数がかかるけれども、それもあすの朝までにすんでしまうのだ。そして、あすから、何の心配もない晴美との新生活がはじまるのだ）

殺人の手段は、自宅から若葉荘へ車を走らせているあいだに、着想を得ていた。伊勢はいつか、有名なドイツ人作家の長篇小説で、そういう場面を読んだことがある。

アメリカ版がベストセラーになって、日本でも翻訳され、評判だったので、あまり読書家でない伊勢も、それを読んでいた。

(あの方法がいい。非常に簡単で、武器らしい武器もいらない。ポケットにしのばせている重いスパナーだけで充分だ。ただ、勇気と、敏捷な行動が必要だ。おれには出来る。きっとやって見せる)

車は青山から神宮外苑をぬけて新宿に出る道をとった。もう夜なかの十二時をすぎていた。神宮外苑の広いアスファルト道には、ほとんど人通りがなかったので、思いきりスピードを出すことが出来た。速度計の針は五十キロ、六十キロ、七十キロに近づいた。風を切り、唸りを生じて走った。

黒い木立ちが縞《しま》になって、うしろへうしろへと飛んで行った。ところどころに立っている街燈の火が、一本の光った紐のように見えた。伊勢の心臓は、その速度と、殺人の予想のために、妙な打ちかたをしていた。ギョッと吐き気がこみ上げて来た。彼はそれをこらえるために、痛いほど唇を嚙みしめて、彫像のように前方を見つめていた。

隣に腰かけていた南は、あまりのスピードに、不安を感じはじめたらしく見えた。

彼は暴風のように飛び去る窓の外の風景と、ハンドルを握る伊勢の横顔を、あわただしく見比べ、何か云いたそうになっては、思い返して、口を半開《はんかい》にしたまま、目をキョロキョロさせていたが、落体の加速度のように、とめどもなく加わって行くスピードに、もうたまらなくなったのか、ギャッと口をひらいて、何かわけのわからぬことを、わめき出した。だが、そのわめき声は終りまではつづかなかった。わめき出したのがキッカケになった。伊勢は今だと思った。非常な素早さで、ブレーキを踏んだ。全身の力をブレーキに集中した。

車輪はキーッと悲鳴をあげた。用心していた伊勢のからださえも、ガクンと前にのめり、胸をしたたか打って、ハンドルがまがりそうになったほどだから、不意をつかれた南は、クッションから飛び出して、前のダッシュ板に恐ろしい勢いで頭をうちつけた。

だが、さすがは悪党だ。咄嗟の場合、反射的に、ピストルを握った右手をポケットから出し、隣の伊勢に向けようとしたが、引き金を引く余裕さえなかった。ピストルを持つ手がダラリと垂れて、からだ全体がクッションからずり落ち、前の狭い場所にのめりこんでしまった。頭はグッタリと前にさがっている。

伊勢はそのとき、ハンドルを放した右手で、ポケットのスパナーを握っていた。そして、グッと上半身を、南の方に向け、クッションから腰を浮かして、ちょうど目の

下にある相手の頭を、砕けよとばかり叩きつけた。スパナーの先が頭蓋骨に喰いこむ

残酷な手ごたえがあった。相手の上半身は、クナクナと、更に力なく、くずおれて

行った。

念のために、口に手を当てたり、心臓部をおさえて見たりしたが、息が絶えている

ことは明らかだった。

殺人そのものは、いつもアッケなくすんでしまう。だが、そのあとが大変だ。犯人

の労苦は殺人の前にあり、殺人のあとにある。殊《こと》に死体湮滅《いんめつ》の仕事は、絶えざる恐怖

と焦慮を伴う大事業だった。

伊勢はガラス越しに注意深くあたりを見廻した。窓から首を出して、うしろも見

た。広いアスファルト道には、全く人影がなかった。死体を後部席に移そうかとも

思ったが、それをやるあいだが危険だった。それよりも、このまま自宅に帰って、

ガレージに入れる方が安全だと思った。ガレージの中で、死体を後部のトランクに入

れ、鍵をかけてしまえばよいのだ。そして、遠乗りの準備をし、簡単な食料や水筒な

ども用意して、熱海へ走らせればよいのだ。真夜なかの三時までには鏡ガ浦へ着ける

だろう。

伊勢は合《あい》(注9)オーバーを脱いで、助手席の前にうずくまっている死体の頭の上から、そ

れをかぶせた。何かの大きな荷物のように見える。これなら窓をのぞかれても大丈夫だ。

目白の自宅につくまで、何事も起こらなかった。ガレージは表門の横手にあり、その鍵はポケットにある。車から降りてドアをひらき、自動車を中に入れて、ドアをしめてから、懐中電燈をつけて、死体をもう一度しらべた。垂れるほどの血ではなかったが、髪の毛が濡れていて、指が赤く染まった。間違いなく絶命している。運転席の床に落ちていた南のピストルを拾って、自分のポケットに入れた。スパナーを調べてみると、少し赤いものがついていたので、鼻紙でよくふき取って、運転席のドアのポケットに戻した。それから車の後部のトランクを鍵でひらいておいて、死体をひきずり出し、抱き上げてトランクの中へおしこんだ。そして鍵をかけた。

くら闇の中で死体を抱いたときに、別の二つの死体の抱き心地を思い出した。友子のからだは重かったけれど、女のことだから運ぶのは楽だったが、相馬と南の死体は骨太《ほねぶと》で抱き上げても何か抵抗しているような、不快な手ごたえが感じられた。

これが三つ目の死体かと思うと、嘘みたいな気がした。この数カ月の出来事は、たった一夜の悪夢ではないかとさえ疑われた。凡てが何となく本当らしくなかった。すぐ出発するつもりだから、ガレージの戸は、しめたばかりで鍵はかけなかった。

和子は暇を出してしまったので、うちには二人の若い田舎者の女中がいるばかりだ。若葉荘へ出かけるとき、今夜は泊まってくるかも知れないから、戸締まりをして、先に寝るように云い残して行った。今ごろはグッスリ寝こんでいるだろう。門のベルを押さなければならない。

（だが、まてよ。女中たちを起こせば、手掛かりが残る。起こさないで、このまま出発した方がいいかも知れないぞ。食料は途中でパンとサイダーを買えばいい。まだ起きている店があるだろう。若《も》しなかったら、品川駅の構内で買うんだ）

そう考えながら、門の前まで来ると、どうしたわけか、門の戸が一尺ばかりひらいていた。変だなと思って、母屋の方を眺めたとき、伊勢はギョッとして、そこに立ちすくんでしまった。

洋室の二階の書斎の窓が、あかあかと輝いていたのだ。まさか女中達が、今ごろ書斎にはいって電燈をつけているはずはない。いったいあすこに誰がいるのだ？　この深夜、書斎に上がりこむような客の心当りは、全くなかった。

14　破局

伊勢は逃げ出したかった。そのままうちへはいらないで、自動車を出発させようかと思った。しかし、それでは、いつまでも不安が残る。書斎にいるのは誰かということを確かめたい気持の方が、やっぱり強かった。

ソッと玄関に近づいて、入り口のドアに手をかけると、そこにも鍵がかかっていなかった。音のしないように戸をあけて、靴をぬいで上にあがった。そして、足音をしのばせるようにして、二階への階段へ歩いて行くと、奥から女中の一人が出て来た。

「あら、お帰りなさいませ」

小声で云った。

「誰が来ているんだ」

こちらも囁き声だった。

「花田さんでございます」

「警視庁の花田警部か」

「ハイ」

女中はおどおどしていた。

「どうして書斎なんかへ通したんだ」

「おとめしましたのですけど、旦那さまにおことわりしてあるからと云って、無理に……」

「いつごろから来ているんだ」

「三十分も前からです」

いよいよただごとではない。

(書斎のギリシャの壺《つぼ》の中に、あれが隠してある。まさか気はつくまいが、一人で書斎へはいらせたのは失策だった)

しかし、女中を叱って見てもはじまらない。ともかく、花田に会って、早く追い帰すほかはない。そのために、死体処理の時間が少なくなるのも止むを得ない。

もう足音を立てて階段をあがった。ドアをひらくと、いつもの背広服の花田警部が、彼を迎えるように、椅子から立ち上がったところだった。真正面に顔を合わせた。そして、二人は申し合わせたように、ニッコリ笑って、目で挨拶をした。

「困りますね、留守中にこんな部屋にはいって下さっちゃ。どうして応接間でお待ち下さらなかったのです。それに、今夜は若葉荘の方へ泊まるかも知れないと、女中に云い残しておいたはずですが……」

「いや、失礼、失礼。しかし、なぜかあなたの書斎へ一度はいって見たくなったものですからね」

「で、何か収穫がありましたか？」

常規を逸した云いぐさだった。そんな変なことを云っちゃいけないと思いながら、つい口から出てしまった。

すると、花田警部はニヤリとした。そして、ポケットから銀色に光るものを取り出して、伊勢の方へ見せつけるようにした。シガレット・ケースだった。

（ああ、やっぱりそうだったか。この田舎面《づら》の警部が、これほど敏捷だとは知らなかった。油断だった、油断だった）

相手がポケットへ手を入れたとき、伊勢の方でも、無意識に自分のポケットに手を入れていた。そして、さっき南の死体の下から拾った、ピストルを握りしめていた。

「うまい隠し場所ですね。わたしはこれを見つけ出すのに三十分かかりましたよ」

花田はまだニヤニヤしながら、グルッと部屋じゅうを見まわして見せた。引き出しという引き出しを、全部あけて見たのにちがいない。

それは「愛するお兄さまへ、Y」と彫ってある、あの銀のシガレット・ケースだった。自動車の中の相馬の死体のそばに落ちていたのを、身元を調べる手掛かりとして、持ち帰ったあのシガレット・ケースだった。あとになって、死体と一緒に古井戸の底へ落としてしまえばよかったと後悔したが、今更どうすることも出来なかった。焼きすてられる品ではなし、滅多な場所へ捨てては危険なので、書斎の棚の上に飾ってある古代ギリシャの赤絵の壺の底へ隠しておいた。それが捜索者の盲点になるだろうと、たかを括ったのがいけなかった。さすがは警視庁の老練警部だ。三十分で見つけ出してしまった。

「このシガレット・ケースはね、行方不明になっている相馬良介君の妹の芳江さんが、兄さんの誕生祝いに贈ったものですよ。芳江さんが警視庁の少年課家出人係りへ捜索願いを出したとき、家出当時の持物として、このシガレット・ケースのことも記入してあったのです。それがどうしてお宅の書斎へ来ていたのでしょうかね」

伊勢は「もうだめだ」と思った。あれほどの思いをして南を殺したことが、全く無意味になってしまった。南という大敵を抹殺して、安堵するひまもなく、まるで彼の身替わりのように、第二の大敵が現われたのだ。こいつは花田の肉体を着た南の怨霊ではないかとさえ疑われた。伊勢はヘタヘタとそこの椅子へ腰かけたまま、もう物を云う力もないように見えた。

「このシガレット・ケースが、お宅に隠してあると見当をつけたわけじゃありません。実はお留守を狙って、あなたの書斎から何か捜し出せやしないかと、あてずっぽうにやって見たのです。すると、偶然、この幸運にめぐまれたという次第ですよ。これで、わたしとしては、物的証拠が一つふえたわけですからね」

（一つふえたって？　すると、まだほかにも物的証拠を握っているのか。それはいったいなんだというのだ）

「少し長いお話になるかも知れません。ま夜なかに押しかけて来て、長話を聞かせるなんて、まことにぶしつけなわけですが、今日、夜になって、やっと決心がついたものですから、ご迷惑は承知の上で、やって来たのです。なんでしたら、お茶を持ってこさせて下さいませんか。ああ、あなたはもう、ベルを押す元気もないようですね。それじゃ、わたしが代わりに押して上げましょう」

警部は立って行ってベルを押した。そして、女中がやってくると、

「ご主人がお茶を召し上がりたいそうだ。なるべく大きな茶碗でね。ついでにわたしの分も、持って来て下さいよ」

と、優しく命じた。

「では失礼してタバコをやります。あなたもいかがですか」

ピースの函《はこ》をひらいて、さし出した。伊勢は力ない手で、一本引き抜いた。警部が

マッチをすって、先ず伊勢のタバコに火をつけ、次に自分のにつけて、うまそうに吸いはじめた。そこへ女中がお茶を運んで来たので、伊勢の前に一つ置かせ、自分も取って、ゴクリと飲んだ。そして、女中が立ち去るのを待って、静かな調子で話しはじめた。

「あなたが奥さんの失踪届を出されたのと、相馬良介君の失踪を、妹の芳江さんが出したのと、余り日がへだたっていなかったのです。また両方の失踪した日が一日しかちがわなかった。しかし、はじめから、この二つの事件がお互いに関係があるなどと考えたわけではありません。いくら疑い深い警察官でも、そこまでは想像できませんよ。ただ、われわれは、決してこの二つの失踪事件を軽視していなかった、絶えず注意を怠らなかった、とは云えるのです。

「失踪届というものは、随分数が多いのですが、世間で想像されるように、その書類を棚に積んで、ほうっておくというものではありません。われわれ捜査一課のものも、時には分担して、絶えず気をくばっております。失踪事件の裏には、往々にして犯罪が隠れているからです。失踪は犯罪という大きな氷山の頭のようなもので、さぐって行くと、思いもよらぬ大物にぶつかることがあるものです。ですから、われわれは失踪事件を決して軽視しないのですよ。

「また、われわれは、失踪届や捜索願の届け主に注意します。場合によっては、その人に監視をつけるほどです。あなたの奥さんの場合も、相馬良介君の場合も、二カ月たっても、全く消息がない。われわれとしては、一応変死人を調べましたが、変死の様子もないとなれば、やっぱり殺人を考えて見なければなりません。この二つの事件は、両方とも犯罪の匂いがしたのです。第六感というのですかね。日がたつにつれて、そういう感じが強くなって来ました。

「そこで、わたしは、二つの事件とも、届出人の身辺を調べはじめたのです。あなたと沖晴美さんとの関係、奥さんの嫉妬というような家庭事情も、早くからわかっていました。一方、相馬芳江さんの方は、警視庁に届けただけでなく、写真入りの新聞広告までして、それでも手ごたえがないものだから、私立探偵の南重吉君——この男はわたしの昔の同僚ですが——その南探偵事務所へ出かけて行って、捜索を依頼したことがわかったのです。その頃から芳江さんには尾行をつけておいたのですよ」

南と聞いたとき、伊勢はやっぱりビクッとしないではいられなかった。

（だが、この男は南が殺されたとは、まだ知るまい。南の死体が現にこのうちのガレージの中にあるとは、思いもよらないだろう。一人の探偵は死骸になってガレージにいる。もう一人の探偵は、こうしておれに手柄ばなしを聞かせている。これはなん

という変てこな立場だろう）

「ところが、この二つの失踪事件が、妙な具合に、ひっかかり合っていることが、わかって来たのです。その最初のキッカケは、あなたがわたしの部屋を出て、前の廊下で、私立探偵の南君と出会われたあの日でした。南君はあなたに出会ったあとで、わたしの部屋へはいって来て、何か意味ありげに、あなたの名を聞き糺《ただ》しました。わたしの方では、南君が相馬良介の事件を引き受けていることがわかっていたので、すぐに、この二つの事件には何か関係があるんじゃないかと疑ったのです。記録を調べて、失踪の日がたった一日しか違っていないこともわかりました。それから、もっと重要なのは、相馬良介君の写真と、南君とが非常によく似ていることでした。あとになって、南君はその顔の似ているのを利用して、相馬君の従弟だと云って、関係者と会っていたこともわかって来ました。

「そのころ、警視庁では、あなたの奥さんは鏡ガ浦から投身自殺をされたのだと判断し、捜査を打ちきると発表しました。あなたにもお知らせしたし、新聞にもそういう記事がのりました。ところが、わたしは決して自殺と信じていたわけではありません。あの発表は、若《も》しこれが殺人事件だとすれば、その犯人を油断させるための一つの手段だったと云ってもいいのです。

「南君は或る失策があって、数年前に退官させられたのですが、しかし、捜査官としての腕は大したものでした。非常に頭の鋭く働く男で、正攻法でなくて、探偵上の奇襲作戦が実にうまかった。そういうわけで、わたしはあの男の捜査力を信じていたものですから、自分でも捜査する一方、部下のものに南君を尾行させて、絶えず情報を手にいれていたのです。

「南君は新宿の『桃色』というバーで、二月二十五日の夜、相馬君と、妹の芳江さんの愛人の真下幸彦という青年とが、酒の上で殴り合いをしたこと、相馬君が頭をひどく打ってフラフラになったまま、バーを出たことを確かめ、次には、その真下君と二人で新宿駅の附近を歩きまわって、松葉杖のマリ子というパンパンを探し出し、その女の口から、相馬君があなたの自動車にのめりこんだことを聞き出したのです。

「そのとき、あなたの自動車はからっぽでした。というのは、交通事故を起こして、あなたがガード下の十字路の交番へ行っていたからです。あなたは相馬君が乗っているとも知らず、自動車を運転して、青梅街道の方へ走り去った。パンパンからこういう事実を聞き出したとき、南君は、二つの失踪事件が、あの十字路で交叉していることを悟ったのです。むろん、わたしもそこまではわかりましたが、それから先の推理は、わたしの負けでした。それだけの資料から、南君が気づいたことを、わたしには気づけなかったのですからね。

「南君が何を考えているかということがわかったのは、つい十日ほど前でした。南君は自動車を雇って、藤瀬ダムへ出かけ、その帰り道で、方々の町や部落へ寄ってしきりと何か訊ねていたということがわかりました。部下のものが、そのあとに廻って、聞き出したところによりますと、南君は、藤瀬部落にたった一人踏みとどまっていた田中倉三という変わり者の行方を探していたのです。

「それを聞きますと、いくらぼんくらのわたしでも、気づかないわけには行きません。死体の隠し場所は、三月一日に湛水する直前の藤瀬人造湖の底だったのです。わたしはその意表外の思いつきに、すっかり驚嘆してしまいました。南君が早くからそこへ気がついていたのは、さすがですよ。それから、わたしの部下は、田中倉三という男を探しまわっている南君のあとをつけました。その田中は東京へはいったことがわかっていたのです。

「ついきのうのことですよ。南君はとうとう田中倉三を上野の葵部落で見つけました。そして、今度の事件の真相を摑んだのです。わたしの部下も、そのすぐあとで、田中から同じことを聞き出すことができました。それから、わたし自身も田中のバラックへ行って、直接詳しく話を聞いたのです」

伊勢にとっては、これらの事実は、凡て先に南から聞いていたことだから、今更何の動揺をも感じなかった。彼が少しも驚きを示さないので、花田警部は変な顔をして、しばらくだまっていたが、ハッと何事かを気づいたらしく、

「ああ、そうでしたか。じゃあ、あなたはもう南君にお会いになったのですね。もしや、今夜、沖さんのアパートへ行かれたのは、南君があなたをあすこへ呼び出したからではありませんか」

伊勢は何も答えなかった。どう答えていいか決断がつかなかったからだ。しかし、この場合、否定しなければ、無言の肯定《こうてい》になるのだということも、彼にはよくわかっていた。

「わたしは、南君の性格をよく知っているつもりです。あの男は捜査能力は実に優れているけれども、私立探偵という仕事には、最も不適当な人物です。彼は利慾のためには善悪のけじめがつかなくなる男だからです。探偵としてさぐった秘密を、利慾のために利用する気になれば、これは実に有力な武器ですからね。彼はそういう利用をしかねない男です。ね、そうではありませんか。彼はあなたにそういうことを申し出たのではありませんか」

伊勢はまだだまっていた。無言の肯定と思われても仕方がない。何か喋って、とり

かえしのつかぬ言質《げんち》を与えては、一層不利だと思った。それよりも、ガレージの死体のことで、頭が一杯になっていた。こんなことなら、ガレージの戸に鍵をかけてくればよかったと、刻一刻そのことが不安になりはじめた。

花田は話を元に戻して、伊勢が若葉荘で友子を殺害したのだろうと推定し、その死体をキャディラックに積んで、出発し、新宿の十字路で事故を起こして交番へ行っているすきに、相馬良介が後部席にころがりこんだことなどを、順序を追って話して行った。伊勢は殆ど聞いていなかった。この危機をどう切り抜けるかということさえ、もう細かく考える力はなかった。イライラと焦慮しながら、しかし、実際は何も考えないと同じ状態であった。

穏やかな口調で、諄々《じゅんじゅん》と真相を説いている花田の言葉が、ところどころ、真白な空白となり、また黒く浮き上がり、異様なだんだら染めになってつづいていた。その黒い部分、というのは、意味をもって彼の耳にはいった部分なのだが。

「あなたは新宿の十字路を出発してから、どこかで、後部席にころがっている相馬良介に気づかれたのでしょう。そのとき、相馬君が生きていたら、あなたはあの男を車から追い出されたにちがいない。泥酔していて、云うことを聞かなかったとしても、引きずりおろして、どこかへ寝かせておけばよかった。あなたとしては相馬君を殺す必要は少しもなかったのです。彼が友子さんの死体を見たとすれば、生かしておけなかったでしょうけれど、あなたはまさか友子さんの死体を後部席にのせてはおかれなかったでしょう。おそらくトランクの中ですね。だから相馬君は死体を見たわけではない。随って殺す必要はなかった。それなのに、田中倉三は、あなたが男女二つの死体を、藤瀬の古井戸の中へ投げこんだと云っている。ここがおかしいのですよ。

「で、わたしはこう想像しています。相馬君は、真下という青年とバーで喧嘩をして、頭をひどく打っていた。ですから、あなたの自動車にころがりこんで、まもなく絶命したのじゃないか。あなたは彼が死体になって後部席にころがっているのを発見されたのじゃないかとね。死体となると、うっかり道ばたに捨てておくわけには行きません。そこから足がつく危険がある。そこで、あなたは、どうせ友子さんの死体を処理するんだから、相馬君の死体も、ついでに同じ場所に葬ってやろうと決心されたのだと想像しているのです。どうです、ちがっていますか」

だが、伊勢は相馬を殺さなかったということさえ、口に出す気になれなかった。何か一口云えば、それからそれへと質問を受けるにきまっている。それが恐ろしいのだ。

それから又、長々と花田の言葉のだんだら染めがつづいた。伊勢の心中には、可哀相な晴美の顔と、ガレージの南の死体とが、ひっきりなしに浮かんでいた。いても立ってもいられないような焦躁《しょうそう》で、からだがガクガク震えていた。

(南が探し出した友子の靴、今のシガレット・ケース、そのほかに何があるのだ？花田はもっと物的証拠を握っているようなことを云った。それはいったいなんだろう？もう順序を追った話はたくさんだ。早くその物的証拠を見せてくれ。それがどれほど致命的なものか、早く、早く、早く見せてくれ！)

「島村たみ子さん、ごぞんじでしょう。若葉荘の沖さんの向こう側に住んでいる島村という会社員の奥さんです」

だんだら染めがグッと黒く浮き上がって来た。伊勢は思わず聴き耳を立てた。なにかしら新しい事実が語られているのだ。

「南君はこの島村夫人にも会って、聞きこみをやっています。しかし、南君はそのとき、たった一つの手抜かりをやったのです。島村夫人に、沖さんが二月二十五日の晩から二十六日の朝にかけて、アパートにいたかどうかを確かめたばかりで、もっと重要なことを訊ねなかったのです。わたしはそこを一段と突っこんで見ました。そして最後の勝利をおさめたのですよ」

伊勢はじっと耳をすましていた。花田は今、なにかしら非常に重大なことを云い出すように見えたからだ。

「それはつい二、三時間前のことです。二、三時間前に、やっと確証らしいものを摑んだのです。それで、こんなにおそくおじゃましたというわけですよ。そういう物的証拠を手に入れるまでは、あなたにお会いしても仕方がないと思いましてね。

「きのう、わたしが葵部落へ出かけて、田中倉三を調べたことは、さっき申しましたね。それで、友子さんの死体から靴が紛失していたことがわかりました。あなたは藤瀬部落の闇の中で死体の足からぬげたのだと考えておられる。そうでなければ、あんなに現場を探されるはずはないわけですからね。田中倉三もやっぱり、あすこで落ちたものと思っているらしいのです。南君にもそういう風に話したと云っていました。

「ところが、わたしはもっと別の考え方をして見たのです。あなたにも見つからなかったし、田中倉三が、あくる日あの辺を歩きまわっても、発見しなかったとすると、友子さんの靴は藤瀬部落でぬげ落ちたのではないのじゃないかと考えて見たのです」

（オヤッ、変だぞ。この男は何を云っているのだ。あの靴は田中倉三がちゃんと拾って持っていたじゃないか。それを南が手に入れて、おれに一千万円で売りつけようとしたじゃないか。現にその靴はガレージの自動車の中に置いてある。田中が嘘を云ったのか、南が嘘を云っているのか、それとも、花田がとんでもない思いちがいをしているのか？）

「藤瀬部落でないとすると、どこでぬげたのでしょう。自動車の中ではありません。もしそうだとすれば、あなたが気づかれなかったはずはありません。では、死体を自動車にのせる前にぬげたのではないか。アパートの三階の部屋から死体を自動車まで運ぶためには、まっ暗なコンクリートの階段を二つ降りなければなりません。そこで死体の足が何かにさわったとすれば、ぬげ落ちることもあり得るのです。あなたは死体を自動車にのせたとき、靴をはいていることを、確かめてごらんになりましたか。おそらく、そこまで注意する余裕がなかったのじゃありませんか」

伊勢はハッとして、思わず椅子から立ち上がりそうになった。数カ月以前の古い記憶の中から、すっかり忘れ切っていた、ごく些細な出来事が、スーッと浮き上がって来たのだ。

（ああ、あれだ。あれにちがいない。まっ暗な階段を降りるとき、ブランブランしている死体の足が、二階の躍り場でなにかにひどくぶっつかった。さぐって見ると、乳母車だった。誰かがドアのそとへ放り出しておいた乳母車だった。あれだ。あのときに靴がぬげて落ちたのかもしれない）

「わたしは、きょうの夕方になって、やっとそこへ気がついたのです。それで、すぐに若葉荘アパートへ行って、先《ま》ず島村夫人に、二月二十六日の朝、三階から下までの階段のどこかに、黒い婦人靴が落ちていなかったかと訊ねて見ました。

「島村夫人は、しばらく首をかしげて考えていましたが、ふっと思い出したらしく、二階に住んでいる山際《やまぎわ》という会社員の奥さんと、ちょうどそのころの或る朝、階段ですれちがったとき、その奥さんが手に一足の黒い婦人靴をさげていたというのです。あまり親しいあいだがらでもないので、ちょっと挨拶して、通りすぎようとすると、山際の奥さんは島村夫人を呼びとめて、その靴を見せ、これお宅のじゃありませんねと、聞くのだそうです。いいえと答えると、そのまま自分の部屋へはいってしまったが、あれが、あなたのおっしゃる靴かもしれませんよと、島村夫人は、疑わしそうな顔でいうのです。

「よく聞いて見ますと、その山際の奥さんというのが、軽微な盗癖のある人で、廊下においてあるものなどを、ときどき自分の部屋へ持ちこんで知らん顔をしているのだそうです。それで同じアパート夫人連中にも評判がわるく、のけもの同然にされているのだということがわかりました。

「そこで、わたしは直接、山際夫人にぶっつかって見たのです。三十五、六の小綺麗な奥さんでしたが、先方が恥ずかしがらないように、穏やかに訊ねて見ますと、もともと悪人ではないのですから、すぐにその靴を出して来て、申しわけありませんと、白状してしまいました。それは二階に上がったところの躍り場に出してあった乳母車のそばに落ちていたのだそうです。山際夫人は早起きなので、誰よりも先にそれを見つけ、自分の部屋に持ち帰ろうとしたとき、島村夫人に出会ったので、さっきのようなことを訊ねて見たわけですね。島村夫人が自分のじゃないと云ったので、安心して自室に持ちこんでしまったのです。そのうち持主を尋ねようと思っていて、つい忘れてしまったという弁解でしたよ……それがこの靴です。友子さんのはいておられたものかどうか一つあらためて下さいませんか」

花田警部はそう云って、部屋の隅に置いてあった新聞紙包みを持って、席に戻り、それをといて、一足の黒い靴を取り出した。見覚えのある友子の靴に相違なかった。

「友子の靴のようです」

伊勢はそこではじめて言葉を口に出した。しかし、それっきりだった。そのまま又、ムッツリとだまりこんでしまった。

「二十六日の朝階段に落ちていた友子さんの靴、それから、ギリシャの壺に隠してあった相馬君のシガレット・ケース、二つとも実に有力な物的証拠ですよ。その上に田中倉三という目撃者がいます。田中はゆうべから警視庁に呼んで、身柄を保護しております。それだけではありません。近日潜水夫を藤瀬の人造湖にもぐらせて、古井戸の底から二つの死体を引き上げる手筈《てはず》になっています」

花田警部は語り終わって、じっと伊勢を見つめた。伊勢は目をそらさなかった。彼の方でも、同じように相手の目を見ていた。

（やっぱりそうだった。悪党探偵の南が嘘をついていたのだ。あいつは田中倉三の話から思いついて、どこかの古靴店で、それらしい婦人靴を買って来て、それを一千万円でおれに売りつけようとしたのだ。だが、その南は殺してしまった。南の恐喝よりも、おれの殺人の方が、何倍も重いのだ。今では南に恨まれこそすれ、おれの方から恨む筋合いは少しもない）

（ああ、とうとう、心の奥の奥の方で予期していた最後の瞬間が来た。これでおしまいだ。昔から世間では、犯罪は必ずばれるものだと云っている。だが、そうでない場合もあり得るだろうという、空だのみにすがりついて、随分無駄な苦労をしたものだ。凡てが徒労だった。あの知恵も、あの勇気も、今考えて見れば、全くの無駄骨折りだった。さあ、どうするのだ。お前は覚悟ができているのか。せめて最後をいさぎよくしたいではないか）

捕《とら》えるものと、捕えられるものは、そうして、やや五分間も、お互いの顔を見つめて、だまりこんでいた。

「お供しましょう」

伊勢は快活を装った声で、ポツリと云った。

「そうして下さい。実はここに逮捕状も用意しているのです」

花田警部も穏やかに云った。まるで、旅行にでも誘うような口調だった。

「一つ、あなたの全くご存知ない新しい事実があります。この新事実だけでも、僕は絞首台にのぼらなければなりますまい」

伊勢が人ごとのように云うと、花田の顔に一種異様の表情が浮かんだ。それは疑惑と驚愕とのまじりあった奇妙な表情だった。

「新事実とおっしゃると？」

「それを申しあげるかわりに、あとで二分《ふん》だけ、沖晴美に電話で暇乞《いとまご》いすることをお許し下さいますか」

「むろんさしつかえありません。で、その新事実というのは？」

「僕はつい先程、南重吉を殺したのです」

「えッ、南君を？」

「そうです。あなたのお察しの通り、南は僕を恐喝しました。今夜、若葉荘の晴美のところへ押しかけて、そこへ僕を呼び出したのです。そして、この靴とは別の、にせものの婦人靴を、どこかから持って来て、田中倉三が、藤瀬部落の古井戸のそばで拾って、持っていたのだと云って、僕をだましました。その靴を、一千万円で買えというのです。僕はだまされたとは知らず、その靴さえ抹殺してしまえば、ほかには何の証拠もないと考えたので、それだけの有価証券を渡すからと云って、南を誘い、同じ車に乗って、このうちに向かいましたが、途中で、自動車を急停車させ、南がのめったところを、用意のスパナーで頭を殴って絶命させました。

「その死体は表のガレージの中の自動車のトランクに隠してあります。もう一度同じ方法で死体処理をしようと考えたのです。あなたさえ来ておられなければ、女中にも姿を見せず、すぐに出発して、あすの朝までに帰るつもりでした。花田さん、その行先をどこだと思います」

伊勢はふしぎな微笑を浮かべて、花田にチラッと流し目をした。

「その場所はね、あなたが教えてくれたのですよ。ホラ、このあいだの晩、死体湮滅の手段をいろいろお話しになりましたね。その中で、熱海の鏡ガ浦には、岸の近くに潮流があって、死体を遠くへ運んでしまうので、他殺の場合でも、自殺の場合でも、死体発見が困難だ。完全犯罪には持ってこいの場所だとおっしゃったじゃありませんか。僕は南を殺そうと決心したとき、あれを思い出したのですよ。老練な警察官の保証つきなんだから、あすこなら大丈夫だと思いましてね。……いや、失礼。つい、つまらないことを申しました。

「南のにせの婦人靴は、まだ自動車の中においたままです。これはあとで、何とか処分するつもりでしたが、もうその必要もないわけですね。……では、沖晴美に電話をかけますよ」

花田警部は無言で肯いて見せた。伊勢は部屋の窓際のデスクに近づいて、卓上電話のダイヤルを廻した。

「晴美? 伊勢だよ。うちからかけている。今までここで花田警部と話していたんだ。警部は逮捕状を持って、やって来たんだよ。警察は凡てのことを知ってしまった。動かせぬ物的証拠も揃えている。花田さんは、南以上に詳しく調べ上げていたんだ。もうのがれる手段はない。え、南? 南は僕が殺したよ。ここへ来る車の中でね。はじめからそのつもりだった。だが、それも無駄になってしまった」

そして、受話器を耳にあてたまま、しばらくだまっていた。晴美が泣いているのだ。彼はその声をじっと聞いていた。

「泣いてもいいよ。君の泣く声を聞くのも、これが最後だろう」

そして又、しばらくだまっていた。

「僕は君と離れたくない。君のほかに心にかかる人は一人もないのだ。……いや、今駈けつけても間にあわないよ。君が着くころには、僕はもうここにはいないだろう。君の魂を抱《だ》いて行くよ……」

受話器をかけないでデスクの上に投げ出したままにしておいた。だが、花田警部はその意味を悟り得なかった。或いは、悟ったけれども、そ知らぬふりをしていたのかも知れない。

伊勢は南のピストルが、自分の右のポケットにはいっていることを、寸時も忘れなかった。それがあるので、最後まで落ちつきを失わないですんだのだ。

花田警部に見えないように、そのピストルを取り出し、デスクの前に腰かけて、筒口をこめかみにあてた。うしろからは、頰杖《ほおづえ》をついて考えこんででもいるように見えた。

花田警部が、「アッ」と叫んで、かけよったときには、弾丸が頭蓋骨《ずがいこつ》を貫通していた。伊勢は椅子からずり落ちて、クナクナと、くずおれて行った。

受話器がはずしたままになっていたので若葉荘の晴美の部屋の電話には、そのもの音が聞こえた。花田警部が叫んでいる声もきこえた。晴美は凡てを察した。それとなく情死を求めた伊勢の愛情が、痛いほど胸にこたえた。

彼女は一秒でもおくれまいとして、部屋をかけ出した。そして、四階への階段を駈け上がり、更に屋上への階段を駈け上がった。

渋谷の盛り場の燈火が、深夜ながら、そちらの空をボーッと明るくしていた。目の下には深い暗い谷間があった。下のどの窓からも明かりは漏れていなかった。アパート全体が寝しずまっていた。

晴美は、屋上のてすりを乗りこして、身がまえをした。

「省吾さあん……」

思いきりの声で叫んで、落ちて行った。その声が闇の空間に余韻《よいん》を引いて、霊《れい》あるもののように揺曳《ようえい》していたが、それも消え去ると、附近一帯の闇は、何事も知らぬかの如く、再び死の静けさにもどっていた。

15　エピローグ

代々木《よよぎ》の白銀《しろがね》アパートの真下幸彦の部屋は、小綺麗に飾りつけてあった。商業美術家らしく、中級品ながら、家具の選択に神経が働いていた。

昼間は長椅子の役をつとめる折畳み式の大きなベッドに、可愛らしいパジャマ姿の相馬芳江が、まだ十分目がさめないという顔つきで、腹這いになっていた。かけ毛布を包んだリネンのシーツが真白だった。

幸彦もパジャマを着て、安楽椅子にもたれ、新聞を見ながら、タバコを吸っていた。芳江は有名な洋装店のデザイナーだから、パジャマなども、お手製の気の利いた仕立てだった。

「ずいぶん、いろんなことが重なって、なんだか、物を考える力がなくなっちゃったみたいだわ」

芳江が枕に顔を当てて、眠そうな声で云った。まだ六時だった。

「ウン、四つも葬式をやったんだからな。こんなことって、めったにあるものじゃない。一生涯、こんな経験をしないですむ人の方が、どんなに多いかわからないよ」

一週間ほど前に、芳江の兄の相馬良介の葬儀をやったばかりだった。警視庁は潜水夫を使って、良介の死体と、それから伊勢友子の死体を引き上げた。幸彦と芳江は良介の遺体を受けとって、葬儀を行ったのだ。

それからまた五日間ほど前には、伊勢省吾と沖晴美の、しめやかな葬儀があった。

殺人者とその共犯というので、ごく内輪のものしか集まらなかったが、それから受ける感動の強さは、他の二人の場合と少しもちがわなかった。電話でそれとなく意志を通じた上の遠隔情死という異常な最期が、犯罪者ながら人々の同情を惹《ひ》いた。二人は犯罪者ではあっても、決して悪人ではなかったのだから。

「でも、伊勢さん夫婦に、あんなにたくさん親戚があるとは知らなかったね。随分集まって来たじゃないか。相続人がきまっていないので、相当もめたらしいね。しかし、省吾さんのがわの親戚が、遠隔情死をやった二人の気持を酌《く》んで、合同葬にしようと云い出したのが通ったのは、うれしかったね」

「そうだわ。それはそうあるべきだわ。でも烈しい口論があったらしいわね。とうとうロマン主義者の方が勝ったのよ。どんな頑固者の心の中にだって、ロマン主義は住んでるんだわ。だから勝てたんだわ」

「ねえ、よっちゃん、君は僕を恨んでないだろうね」

幸彦がそれを云うと、芳江は又かという顔をした。そういうことを云われるのが、彼女には、むしろ不快なのだ。

「わかってるくせに。恨むわけがないじゃありませんか」

「僕自身はやましくない。警察でも一応は調べられたが、結局おとがめはなかった。

バー『桃色』のマダムが証言してくれたし、花田警部も本当のことを知っていてくれた。花田って偉い人だね。あんな警察官ばかりだといいんだね」

「ウン、人情警部ね。そして頭もいいわ。あの悪知恵の南探偵のやってることを、何もかも知ってたんですものね。花田さんは、伊勢さんが自殺することも、ちゃんと察していたんじゃないかしら。そして、晴美さんと遠隔情死をすることも。それで電話をかけるのを許したんだし、ピストル自殺も止めれば止められたのを、わざと止めなかったんじゃないかしら。あたし、なんだかそんな気がする」

「そうかも知れないね。しかし、そんな噂はしない方がいいよ。警察官として、そういう人情的な計らいをするのが、正しいことかどうかは疑問だからね」

二人はそれきりで、しばらくだまっていた。あけはなった窓から、さわやかな朝の陽光がさしこんでいた。幸彦の吐くタバコの煙が、スーッと吸いとられるように、窓のそとへ流れて行く。今日は日曜日なので、みんな寝坊をしているらしく、アパート全体がシーンとしていた。

「だがね、物理的な因果関係から云うと、やっぱり僕が原因なんだよ。僕が口論しなければ、良介君を殴るようなことは起こらなかったのだし、たとえ殴られるのを防ぐためにしても、僕が突きとばさなかったら、兄さんが頭を打つようなこともなかったのだからね」

芳江はベッドの上で、クルッと上向きに寝返りして、幸彦の方を可愛らしく睨みつけた。

「あなたも存外執念深いのね。どうして、いつまでも、そんなことクヨクヨしてんのよ。あなたが本当に兄のかたきだったら、あたし、こんなにあなたが好きになれっこないじゃないの？　その話、もうよしてよ。それより、あたし、さっき、美しい夢を見たのよ」

幸彦は、何を云い出すのだというような顔をして、芳江を見た。

「ロマンチックな美しい夢よ。大きな湖に、白鳥のようなボートを浮かべて、あなたとあたしとが、それに乗っているのよ。湖水のまわりは、絵のような山がとり囲んでいて、家は一つもない。そして、あなたとあたしのほかには、広い湖の上に、人間は一人もいないのよ。ボートも一つもないのよ。

「あたしたちの白いボートの上には、美しい大きな花束がおいてあるの。そこは、あの藤瀬ダムの湖水なのよ。あたしたち一度も行ったことないけれど、たしかにあの湖水だってことが、夢の中で、わかっているのよ。あたしたちは、この湖水で起こった悲劇を葬うために、あの古井戸のあるへんに、花束を投げようってわけなのよ。

「もう古井戸の底には何もないけれど、兄さんと、それから伊勢友子さんが、そこに横たわっていたことがあるんだし、それから、あの湖水というものがあったばっかしに、伊勢省吾さんと晴美さんが、ああいうトリックを考えついたんだし、白い犬を連れた田中倉三という男の執念も、ここに残っているのだし、南探偵だって、やっぱりこの湖水の底の秘密をあばいたために、殺されるようなことになったんだから、そういう、みんなの人たちのために、美しい花束を投げようってわけなのよ。

「花束をバラバラにして、あなたとあたしが、赤いのや、黄色いのや、白いのや、一つ一つ、きれいな湖水に落として行ったの。すると、たった一つの花束の花が、そうして投げ入れると、だんだんふえて来て、あたしたちのボートのまわりは、花でいっぱいになってしまったのよ。そしてね、水の底の方から、なにかボンヤリした人の顔のようなものが、スーッと浮き上がって来て、それがシネラマの大写しのように、恐ろしい大きさになって、水の中から、あたしたちを見上げているのよ。

「その大きな大きな顔の、鼻の上にも、額にも、頬にも、瞼にも、唇にも、赤や、黄や、白の花が、そして、青い葉が、美しい刺青《いれずみ》のように浮いているのよ。それから、ボーッとしていた大きな顔が、だんだんハッキリして来て、水の中からあたしたちを見上げて、大きな眼をまたたいて、ニッコリ笑ったの。それを見ると、あたし、アッと叫んだのよ。そして、目がさめちゃった……それは良介兄さんの顔だったわ」

芳江はベッドに仰臥《ぎようが》して、天井を見つめたまま、微笑していた。おさな児のような無心の微笑だった。

「その兄さんの顔は、ちっとも恨めしそうじゃなかったわ。そして、あたしだけではなくて、あなたにもニッコリ笑いかけていたのよ。ホラごらんなさい。兄さんだって、あの時の喧嘩は自分のほうが悪かったことを、よく知っているんだわ。ですから、あなたにも笑いかけて、君じゃない、君じゃない、君が悪いんじゃないって、あなたを慰めたのよ」

二人はそのまま、長いあいだ、だまっていた。窓のそとには青々と晴れ渡った空があった。そして、六月初旬の陽光が、空気一杯にまぶしくみなぎっていた。幸彦もそうしてじっとしていると、心が明るくなごんで行くのを感じた。

「君の夢の話を聞いたら、一度藤瀬湖へ行って見たくなった」

そう云って、アームチェアから立って、窓際に行って、大きく伸びをした。

「ええ、行きましょう。今日がいいわ。こんないい日曜って、めったにないわ。ね、行きましょうよ。あの湖水には、貸しボートがあるのよ。二人でそれにのって、花束をなげましょうよ」

芳江ははしゃいで云って、ベッドから跳ね起きて、スリッパを突っかけた。そして、窓際の幸彦のところへ行って、うしろから、彼のからだを抱きしめた。

「ウン、行こう。タクシーを交渉して、お弁当を持って、水筒を持って、それから、むろん、美しい花束を買って……」

それから一時間ほどのち、スポーティーな外出着を着た幸彦と芳江の姿が、大通りのガラス張りの花屋から出てくるのが見えた。ガラス張りの中には、あらゆる種類の花々が充満していた。そこから出てくる青春の二人も、人界の花のように美しく見えた。二人の手には一つずつ、立派な花束が握られていた。

彼らは軽やかな足どりで、近くに待たせてあった自動車の中にはいって行った。窓ごしに、胸一杯の花をかかえた二人の姿が眺められた。

自動車は辷るように走り出した。新宿へ、そこの思い出多き十字路へ、そして青梅街道へ。

注1　シネラマ
　大型スクリーンの映画。この作品の刊行された昭和三十年、帝国劇場に設置された。
注2　ルパシカ
　ロシアのシャツ・上着。日本では芸術家が好んで着た。
注3　生人形
　生きている人間のように見える精巧な細工の人形。見世物として興行された。
注4　チッキ
　手荷物預かり証。
注5　股火鉢
　火鉢にまたがるようにして暖をとること。
注6　パンパン
　戦後、主に米兵を相手にした街娼のこと。
注7　飯場
　工事現場につくられた労働者の食事・宿泊施設。
注8　八卦見
　占い師。
注9　合オーバー
　春先や秋口に着る薄手のオーバーコート。

『十字路』解説

落合教幸

昭和二十九(一九五四)年の秋、江戸川乱歩の還暦を記念して刊行された『別冊宝石』には、乱歩の長篇小説「化人幻戯」第一回が掲載された。少年物を除いては、戦後になって初めての長篇である。これは小説家として乱歩が復帰することを宣言するものでもあった。

昭和十四(一九三九)年に「芋虫」が検閲によって短編集からの削除を命じられるなど、乱歩の小説には厳しい制限が課されるようになると、乱歩は執筆を断念する。「偉大なる夢」のようないくつかの例外はあったものの、乱歩は探偵小説の発表を控えることになる。

戦時中の乱歩の活動は、回想録『探偵小説四十年』などにも詳しく記述されているが、作家としていくつかの会合に出席したり、町会など地域の活動にも熱心に取り組んだりしている。

その一方で、自らの資料を整理してスクラップブック『貼雑年譜』を作成している。また、探偵小説評論家の井上良夫《いのうえよしお》と、探偵小説論について長文の手紙をやり取りするなど、結果的にその後の乱歩の活動に資する材料を作り出してもいた。

昭和二十（一九四五）年の空襲は、幸運にも乱歩邸を焼かなかった。敗戦によって多くの探偵作家たちが意気消沈する中で、乱歩は探偵小説の復興へ向けて、いちはやく活動を開始した。

残された当時の資料からも、昭和二十年の末には、乱歩が探偵小説の雑誌を企画していたことが確認できる。『黄金虫』と題されたその雑誌には、いくつかの再録小説とともに、乱歩の新作の連載もあり、すぐにも乱歩は小説を書きたいという考えがあったことが見える。

しかし、実際の乱歩の活動は、評論の執筆や新人作家の発掘など、探偵小説界全体に貢献していくものが中心となった。

この時期には、それまで輸入が止まっていた海外の探偵小説が一気に流入していた。乱歩が数多くの洋書を手に入れ、読んでいったことがその読書ノートからもわかる。その成果は評論集『幻影城』ほか、何冊かの書籍に結晶した。

戦後の乱歩の小説執筆は、昭和二十四（一九四九）年、少年物の「青銅の魔人」に始

画期的な"オムニバス"廉価版

江戸川乱歩全集（全15巻）

春陽堂から刊行

春陽堂から、今度江戸川乱歩全集が刊行される。うつかり読み始めると、その面白さ、スリル、サスペンスなど、ファンタジーに引込まれて、つい思わず仕事も何も、眠ることさえも忘れて読みふけつてしまうというのが乱歩の作品である。かつて、みんなから引つ張りだこにされた小説といえば、まずその筆頭に来るのは江戸川乱歩の怪奇冒険探偵小説ではあるまいか。当時日本一の発行部数を有していた雑誌「キング」で作者の人気投票を催した際に、断然他を圧して第一位になつたのが江戸川乱歩であり、新聞社で調査した東京都内各図書館で最も読まれた本は、乱歩の「黄金仮面」「蜘蛛男」「魔術師」等々であつたというのでも、その熱狂的歓迎ぶりが理解出来る。だからこそ、戦後創作のほとんどないのにもかかわらず、乱歩の名前だけは忘れ去られずにいるのだ。そして、それらの作品は、現在読んでみても決して古さを感じさせない新しさを持つており、そのスリルとサスペンスに思わず身の毛がよだち、手に汗を握り、その奔放な空想にみちた幻想と神秘のロマンに、思わず時を忘れて読みふけつてしまうのだ。

面白いだけではない。乱歩は、わが国における真に科学的精神に裏付けられた推理と論理の探偵小説の創始者であり、その作品は欧米に匹敵凌駕するもので、既にいくつかの作品が英仏露エスペラント語に訳されて各国で出版されており、わが日本の誇りとするものであることは、広く知られている通りである。

戦後乱歩は、しばらく創作の筆を休んでいたが、この秋還暦を迎えて大いに発奮、十数年の沈黙を破り満天下の要望に応えて、久しぶりに、再び創作の筆をとり始めた。また、乱歩と昔から関係の深い春陽堂には、必ず毎日数通の乱歩全集刊行希望の葉書が届けられている。これを機会に、乱歩自らが旧稿を全面的に改訂補訂し、伏字を完全に復元して、新作を加えた決定版を刊行する運びになつた。乱歩の全業績を総覧することは、いわば日本探偵小説三十年の歴史と成果を見ることであつて、近代的ロマンとスリルの創造者乱歩の、世界的な金字塔を改めて認識して貰いたい。それに、誰が読んでも面白く愉しい、そしてうつかりすると眠るのも忘れてしまうこの乱歩全集を、老人にも若い人にも、学生にもサラリーマンにも商人にも、そして女性にも、ぜひお奨め願いたい。

—全巻内容—

（第一巻）（第三回配本）孤島の鬼 パノラマ島奇談 D坂の殺人事件 一人二役 押絵と旅する男 随筆数篇
（第二巻）（第二回配本）蜘蛛男 虫 恐ろしき錯誤 目羅博士の不思議な犯罪 モノグラム 随筆数篇
（第三巻）魔術師 恐怖王 人間椅子 毒草 火縄銃 随筆数篇
（第四巻）（第一回配本）黄金仮面 盲獣 赤い部屋 鏡地獄 夢遊病者の死 随筆数篇
（第五巻）猟奇の果 地獄の道化師 何者 双生児 二廃人 随筆数篇
（第六巻）吸血鬼 黒手組 断崖 指環 悪霊 随筆数篇
（第七巻）白髪鬼 黒蜥蜴 地獄風景 疑惑 幽霊 随筆数篇
（第八巻）人間豹 暗黒星 鬼 芋虫 踊る一寸法師 随筆数篇
（第九巻）緑衣の鬼 陰獣 二銭銅貨 盗難 白昼夢 随筆数篇
（第十巻）悪魔の紋章 一寸法師 算盤が恋を語る話 百面相役者 空気男 随筆数篇
（第十一巻）大暗室 湖畔亭事件 人でなしの恋 お勢登場 火星の運河 随筆数篇
（第十二巻）幽霊塔 柘榴 兇器 接吻 日記帳 随筆数篇
（第十三巻）妖虫 幽鬼の塔 屋根裏の散歩者 覆面の舞踏者 一枚の切符 随筆数篇
（第十四巻）三角館の恐怖 闇に蠢く 心理試験 灰神楽 木馬は廻る 随筆数篇
（第十五巻）（最新作）化人幻戯 題未定 随筆数篇 著作年譜

各巻に「探偵通信」を添附。
（B6判三五〇頁 8ポ組 特上製本函入 各巻定価二五〇円）
第一回発売十二月十四日 第二・四巻以後毎月一巻 分売可
—御注文は書店へ—

探偵作家クラブから還暦記念に贈られたジヤンパーを着た江戸川乱歩氏（自宅にて）

全集講座案内 14

"新刊ニュース" 29.12.1号

春陽堂

江戸川乱歩全集 全十五巻

各巻B6判・約三五〇頁・定価二五〇円
第一回配本十二月十日、第二回、第四巻

戦後、乱歩は暫く創作の筆を収めて、研究評論に数多くの卓越した業績を残したが、この秋の還暦の賀を迎えて、十年沈黙の乱歩が満天下の要望に応えて、再び創作の第一線に復帰した。

この機会に、乱歩自ら旧稿を改訂増訂し、新作を加えた決定版を刊行する次第である。乱歩の全業績を総覧することは、いわば日本探偵小説三十年の歴史と成果を代表するといつても過言ではない。近代的なロマンスとスリルの創造者乱歩の、世界的な金字塔を改めて認識すると共に、誰にでも面白く誰にでも愉しい乱歩の作品を、老若男女階級の如何を問わず、十分に静つて頂きたいと念願する。

全十五巻内容

第一巻 孤島の鬼 パノラマ島奇談 D坂の殺人事件 一人二役 押絵と旅する男
第二巻 蜘蛛男 虫 恐ろしき錯誤 目羅博士の不思議な犯罪 モノグラム
第三巻 魔術師 恐怖王 人間椅子 毒草 火縄銃
第四巻 黄金仮面 盲獣 赤い部屋 鏡地獄 夢遊病者の死
第五巻 猟奇の果 地獄の道化師 何者 双生児 二廃人
第六巻 吸血鬼 黒手組 断崖 指環 悪霊
第七巻 白髪鬼 黒蜥蜴 地獄風景 疑惑 幽霊
第八巻 人間豹 暗黒星 鬼 芋虫 踊る一寸法師
第九巻 緑衣の鬼 陰獣 二銭銅貨 盗難 白昼夢
第十巻 悪魔の紋章 一寸法師 算盤が恋を語る話 百面相役者 空気男
第十一巻 大暗室 湖畔亭事件 人でなしの恋 お勢登場 火星の運河
第十二巻 幽霊塔 柘榴 兇器 接吻 日記帳
第十三巻 妖虫 幽鬼の塔 屋根裏の散歩者 覆面の舞踏者 一枚の切符
第十四巻 三角館の恐怖 闇に蠢く 心理試験 灰神楽 木馬は廻る
第十五巻 （最新作）化人幻戯 題未定 著作年譜
各巻共 随筆数篇を加う。附録「探偵通信」

昭和29年、還暦を期して大作に取り組むという乱歩。
春陽堂版乱歩全集の広告。（『貼雑年譜』より）

まる。その後も少年探偵のシリーズは、光文社の雑誌『少年』の連載として続いていく。しかし、一般向けの小説については、多くの人々に期待されながらも、本格的に復帰することはなかった。

戦後に書かれたのは、まず『報知新聞』連載の「断崖」だが、これは短篇であった。次に、ロジャー・スカーレットの「エンジェル家の殺人」の翻案である「三角館の殺人」が書かれる。また、連作「畸形の天女」の第一回も乱歩が担当した。

こうした経緯を経て、乱歩が小説執筆に取り組むことになったのが、昭和二十九年の還暦の年だったのである。『別冊宝石』掲載の第一回に続き、「化人幻戯」の連載第二回が『宝石』昭和三十年一月号に掲載され、「影男」第一回が『面白倶楽部』同年一月号に掲載される。

一方で少年物の連載も続いている。この昭和三十年には、『少年』に「海底の魔術師」、『少年クラブ』に「灰色の巨人」を毎月書いている。それだけでなく、秋には『読売新聞』に「探偵少年」の連載もしているので、この年の乱歩は相当の執筆量をこなしたことになる。

また、「月と手袋」「防空壕」といった短篇もこの昭和三十年に発表していて、乱歩の復活を印象付けることになった。

これらの同時期に書かれたものを読み比べると、それぞれに違った傾向を持つことがわかる。「化人幻戯」「影男」「十字路」という三つの長篇についても、執筆する乱歩の意識がそれぞれに異なっていた。

乱歩が最も探偵小説として意気込んで書いたのは「化人幻戯」だった。掲載された雑誌『宝石』は、戦前の『新青年』のような、探偵小説の中心となる雑誌であると乱歩は考えていた。そしてそこに長期の休筆から復帰作を掲載するということは、最初の休筆から復帰した昭和三(一九二八)年の「陰獣」や、二度目の休筆からの復帰作である昭和八(一九三三)年の「悪霊」にも近い感覚だっただろう。

それとは逆に「影男」は、娯楽的な読み物として、いわゆる通俗長編に連なる小説である。「蜘蛛男」「魔術師」に始まるこうした傾向の小説は、「黒蜥蜴」「人間豹」などを経て、昭和十四(一九三九)年の「暗黒星」「地獄の道化師」まで続いた。これらの作品のほとんどが、名探偵の明智小五郎と凶悪な犯罪者との対決を描く物語となっている。「影男」でも、自動車での追跡や地下空間のパノラマなど、乱歩が好んで描いた事柄が、次々と展開されていき、読者を飽きさせない。

そして「十字路」は、それら二作品とはまた異なるかたちの小説となっている。「十字路」のプロットは渡辺剣次《わたなべけんじ》が協力したもので、それをもとに乱歩が書いたのだった。

渡辺剣次は、若い探偵小説の愛好家として、戦後の乱歩を助けた。大正八(一九一九)年生まれの渡辺は、慶応大学を出てから召集され、東京市内に配属されていたが、終戦後すぐに乱歩邸を訪問した。昭和二十年末に乱歩が雑誌『黄金虫』を企画した時の相談相手にもなっている。その後も、探偵作家クラブが設立されるとその書記長となるなど、多くの貢献をした。

また「十字路」は『死の十字路』として東映で映画化されるが、渡辺がこのシナリオを担当している。井上梅次監督、三國連太郎と新珠三千代が主演で、昭和三十一年三月に封切られることになる。

乱歩の「十字路」は、講談社の『書下し長篇探偵小説全集』の一冊として企画された。すでに多くの仕事を引き受けていた乱歩は、執筆に消極的だった。しかし、こうした企画には知名度のある乱歩の作品がどうしても必要だった。戦前の新潮社『新作探偵小説全集』の場合には、岡戸武平による代作「蠢く触手」を乱歩の名前で刊行している。「十字路」の場合は、この時のように文章まですべてをゆだねることはなく、アイデアを渡辺が出し、それを小説としてまとめるのは乱歩がおこなっている。

「化人幻戯」や「影男」の執筆は、連載のため毎月の締め切りに合わせておこなわれたが、「十字路」はまとめて書かれたようだ。乱歩の回想録『探偵小説四十年』から、これ

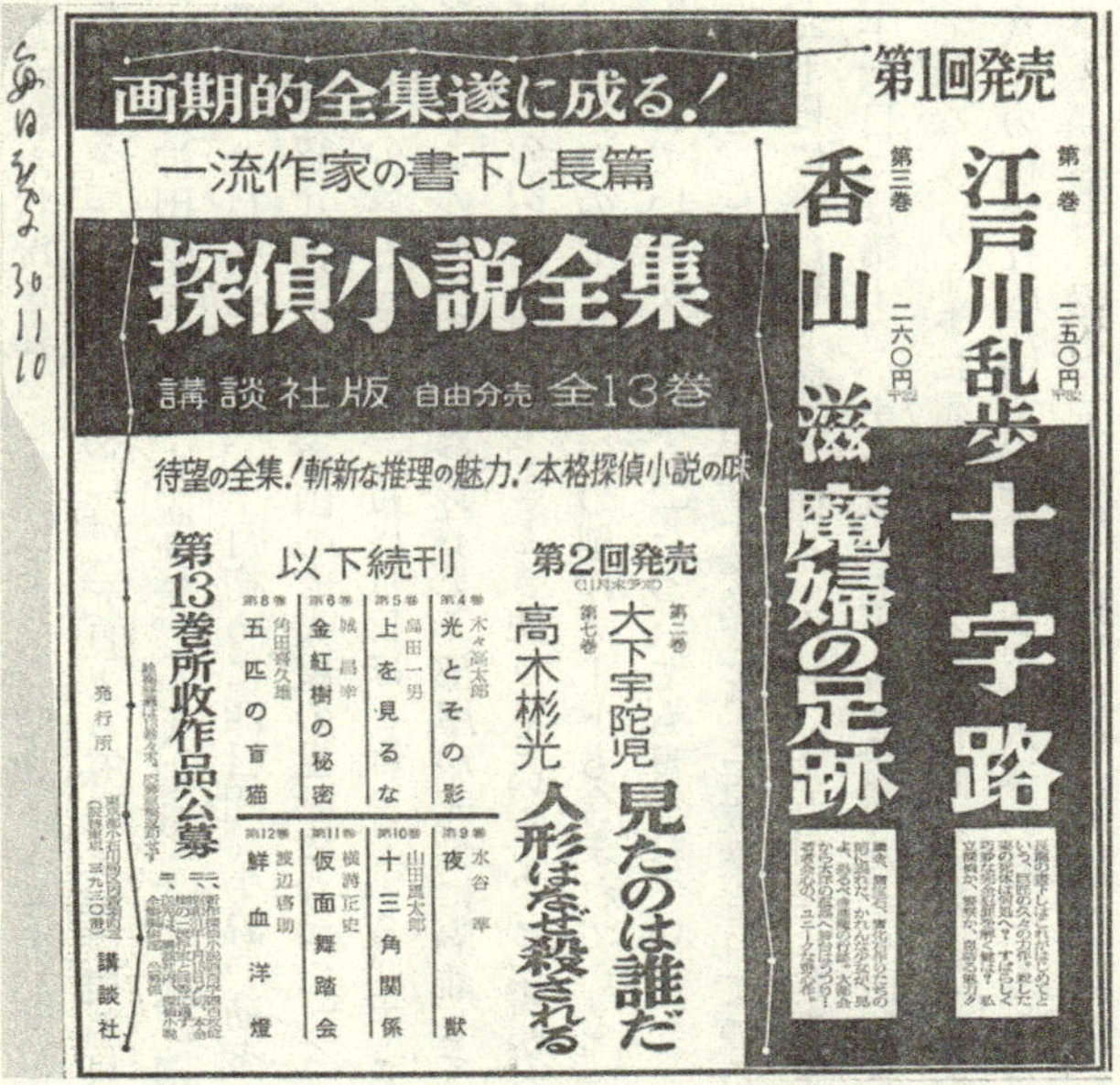

「書下し長篇探偵小説全集」新聞広告。
江戸川乱歩「十字路」、香山滋「魔婦の足跡」。
（『貼雜年譜』より）

らの作品が書かれた状況を知ることができる。昭和三十年の記述は「小説を書いた一年」と題されている。この年の最初には「元旦より五日まで伊東温泉にて小説執筆、六日より十二日まで神田駿台荘にて小説執筆。『化人幻戯』『十字路』『影男』などである。伊東へは、前年の九月末に五日間、十月初めに四日間、小説の筋を考えるために行っている。『宝石』の紹介で伊東市水道山の素人屋の世話になった」とある。そして「神田の駿台荘へは、その後もこの年の三月に八日ほど行っている。主として『十字路』執筆のためであった。この宿は和室だけれども、部屋が完全に隔離しているのと、陽当りがよくて、暖かいのが気に入ってときどき使う」というように書かれている。

乱歩が残した資料の中に、この年の創作ノートも含まれている。「化人幻戯」に多くのページが使われているが、「十字路」についても書かれている。

ノートを見ると、この作品が「犯罪十字路」として立案されていることがわかる。そして、四月二十日に駿台荘で構想を練り、六月二十五日にそれを整理している。六月二十五・二十六日には第十章、十一章の五十枚を書いたとも記録されている。試行錯誤の跡は多くはなく、ノートに書かれているのは、時系列や章立てなどである。

昭和三十八年の桃源社版江戸川乱歩全集第十六巻のあとがきでは、同時期の「月と手袋」について、「『宝石』昭和二十八年十月号に書いた連作『畸形の天女』の私の受け

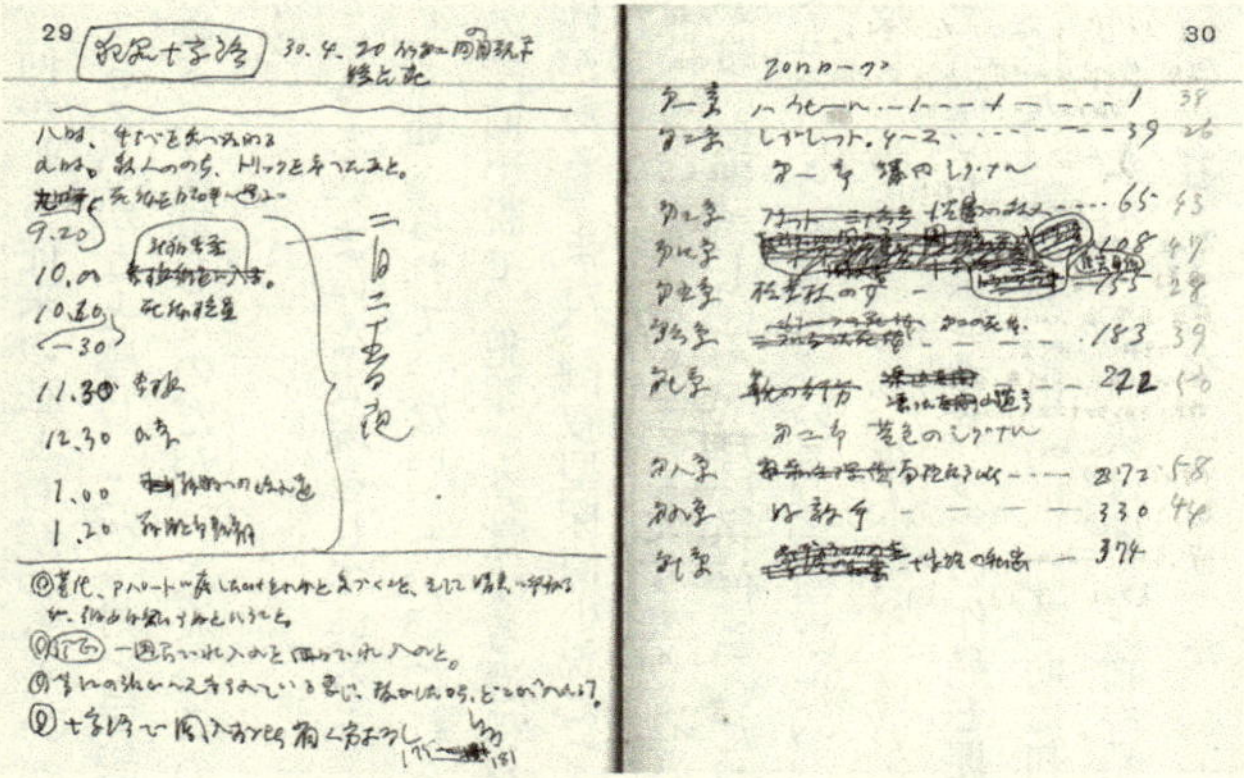

「犯罪十字路」構想　昭和30年の創作ノートより

もちの第一回五十枚は、何かしら従来の私とちがったものが出ていたので、ひょっとしたらこの方向へ発展できるのかなと感じ、この『月と手袋』や、書き下し長篇『十字路』などは、そういう心構えで執筆したのだが、しかし、この方法摸索は結局長続きしなかった」と解説している。

ここで「何かしら」というあいまいな表現をしていることからもうかがえるが、その方向性については詳しく述べられていない。ただ、これらの作品は、初めから犯人がわかっている倒叙型の探偵小説で、犯罪が発覚する過程を、緊張感を持って描こうとしているという共通性がある。また、倒叙型探偵小説については『幻影城』でもいくつかの海外作品を紹介しているので、方法として重要視していたことはわかる。

こうして乱歩は「十字路」を書き上げ、十月に刊行された。乱歩は自作への批評を集め『探偵小説四十年』でもそれらに触れている。「影男」については「一向受けなかった模様である」と短く言及したのみだった。「化人幻戯」はいくつかの批評があったが、乱歩の意気込みに反して、従来の乱歩と変わらない作品と捉えられていた。

これらの作品のうち「化人幻戯」と「影男」は、同時期に刊行されていた春陽堂の江戸川乱歩全集に収録された。ただ、この全集は前年に刊行が始まっていたため、これらの最新作が最後に刊行されることになってしまった。一方「十字路」は、『書下し長篇探偵小説全集』の第一回配本であった。そのためか、「十字路」のほうが多くの評者に取り上げられている。

「十字路」は、「従来の乱歩から一歩踏み出したものとして評判が良かった」と乱歩自身がまとめている。ある意味では、乱歩が意図した新しい傾向へのはずみとなる可能性はあった。しかし、自分で書いたものとはいえ、人の手を借りていることもあって、乱歩は手放しで喜ぶことはできず、こうしたかたちでの合作の路線を歩むことはなかった。乱歩はまた、小説の執筆から離れていく。

監修／落合教幸
協力／平井憲太郎
立教大学江戸川乱歩記念大衆文化研究センター

本書は、『書下し長篇探偵小説全集1』（大日本雄弁会講談社　昭和30年刊）収録作品を底本としました。旧仮名づかいで書かれたものは、なるべく新仮名づかいに改め、筆者の筆癖はそのままにしました。漢字は変更すると作品の雰囲気を損ねる字は正字体を採用しました。難読と思われる語句には、編集部が適宜、振り仮名を付けました。

本文中には、今日の観点からみると差別的、不適切な表現がありますが、作品発表当時の時代的背景、作品自体のもつ文学性、また筆者がすでに故人であるという事情を鑑み、おおむね底本のとおりとしました。

説明が必要と思われる語句には、各作品の最終頁に注釈を付しました。

（編集部）

江戸川乱歩文庫
十字路《じゅうじろ》
著　者　江戸川乱歩《えどがわらんぽ》

2018年12月10日　初版第１刷　発行

発行所　株式会社　春陽堂書店
103-0027　東京都中央区日本橋 3-4-16
編集部　電話 03-3271-0051
発行者　伊藤良則

印刷・製本　株式会社マツモト

乱丁・落丁本は、ご面倒ですが小社営業部宛ご返送ください。
送料小社負担にてお取替えいたします。

ISBN978-4-394-30163-9 C0193